Margarete Barainsky

Ein Weihnachtstraum

AF188621

Ein Weihnachtstraum

Ob bei Eisregen oder Schnee
ob im fremden Hafen oder auf Heu und Stroh,
das schönste Fest der Christen
verliert seinen Zauber nirgendwo.

Margarete Barainsky wurde 1927 in Schlesien geboren. Sie stammt aus einer Musikerfamilie. 1945 flüchtete sie mit ihren Eltern aus Schlesien, 1947 heiratete sie in Berlin, 1954 musste sie mit ihrem Mann das damalige Ostberlin verlassen, 1971 zog die Autorin mit ihrer Familie nach Vlotho.

Margarete Barainsky
Ein Weihnachtstraum
und andere Geschichten

Verlag BOD, Norderstedt.

Ich danke meiner Tochter Gabriele,
Frau Tabea und Herrn Christian Peitz
für die freundliche Mithilfe
bei der Veröffentlichung dieses Buches.
M. B.

Copyright © 2017.
Margarete Barainsky, Vlotho.
Titelbild: Tabea Peitz, Lüdinghausen.
Herstellung und Verlag:
BoD - Books on Demand, Norderstedt.
ISBN 978-3-746031934

Inhalt

Für Gabi und Dietmar

Der geduschte Weihnachtsbaum

Es war der vierte Advent, der 22. Dezember. In der Nacht war heimlich still und leise der Frost eingekehrt. Er hatte im Garten eine glitzernde, weiße Schicht auf den Rasen gehaucht und die kleinen Pfützen mit einer dünnen Eisschicht überzogen.

Sabine stand am Fenster und betrachtete entzückt die zarten, weißen Winterspuren. So musste ein Adventstag sein, so strahlendschön und verheißungsvoll das Fest ankündigend.

Am Nachmittag würde Joachim mit den Kindern zum Bahnhof fahren, um die Oma und den Opa abzuholen.

Sabine wollte zu Hause bleiben, um den Kaffeetisch vorzubereiten. Sie hatte sich für jeden eine Überraschung ausgedacht, die in winzigen, roten Nikolausstiefeln auf die Kuchenteller gestellt werden sollten. Für ihre Mutter hatte sie ein Engelchen mit einem Notenblatt in der Hand ausgesucht, ihr Vater würde eine freundlich lächelnde Mondsichel aus Marzipan, die beiden Kinder Schokoladentäfelchen und ihr Mann einen goldenen Stern bekommen; in ihren Nikolausstiefel steckte sie ein wenig Tannengrün.

Am Nachmittag, als Joachim mit Petra und Ricci und den Gästen auf den Hof fuhr, war alles bereit. Die vier Adventskerzen standen in der Mitte des Tisches, und auf den Papierservietten mit dem Weihnachtsmannbild lagen die Kuchengabeln.

Sabine ging zur Haustür, um die Gäste willkommen zu heißen.

Freudig begrüßten sie einander. Nun hatte das Weihnachtsfest für sie begonnen. Joachim und der Opa luden die Koffer aus dem

Auto, und die Oma war darauf bedacht, dass niemand in ihre große Reisetasche sehen konnte.

Am Kaffeetisch bereiteten die Nikolausstiefel allen große Freude. Joachim zündete die Kerzen an. Interessiert beobachtete das der vierjährige Ricci, um dann ganz gelassen seine Serviette an eine der Kerzen zu halten. Sehr schnell, bevor die Serviette Feuer fangen konnte, zog Joachim die Hand des Kleinen zurück, und erklärte ihm, dass er sich leicht hätte die Finger verbrennen können. Ricci schmollte: „Ich wollte doch nur sehen, was passiert, wenn die Flamme vom Stängel fällt!"

Am Abend ließen die Eltern und die Großeltern bei einem Glas Wein den schönen Tag ausklingen. Sie sprachen noch einmal über das Experiment des Kleinen mit der Serviette und der Kerze. „Ich glaube, die Zeit der brennenden Lichtchen auf dem Weihnachtsbaum ist vorbei!", meinte Joachim. „Ich werde morgen eine Lichterkette besorgen!" Sie beschlossen, den Kindern nichts davon zu verraten.

Schon am Morgen des Weihnachtstages waren alle sehr aufgeregt. Nach dem Frühstück gingen die Großeltern, die Eltern und die Kinder hinaus auf den Hof, um den Weihnachtsbaum ins Haus zu holen. Der Opa betrachtete kritisch den Baum. Er wies auf die unteren Zweige. „So können wir den Baum nicht ins Haus tragen! Der ist ja total schmutzig! Der muss wohl in eine Pfütze gefallen sein!" „Und was machen wir nun?", fragte Sabine. „Wir können ihn doch nicht in die Badwanne legen!" „Nein! Der wird jetzt geduscht! Der Dreck muss weg!", und an Joachim gewendet bat der Opa: „Schließ doch bitte den Gartenschlauch an. Ich werde den Baum abspritzen, und du kannst ihn festhalten und drehen. Du musst ihn aber aufrecht halten, damit das Schmutzwasser ablaufen kann!"

Ein dicker Strahl traf auf die Äste. Das Wasser spritzte in alle Richtungen. Joachim war bemüht, so wenig wie möglich von der Dusche abzubekommen. Geschickt wich er dem Strahl aus und tanzte, sehr zum Vergnügen der anderen Familienmitglieder, um den Baum herum.

Endlich war der Baum sauber. Immer wieder stießen ihn der Opa und Joachim mit vereinten Kräften auf die Erde, um das Wasser abzuschütteln. Seufzend stellte Sabine fest: „Inzwischen sind wir fast so nass wie der Baum! So können wir ihn nicht ins Zimmer stellen. Wir müssen ihn erst abtrocknen. " „Ich hole Handtücher", sagte die Oma entschlossen.

Die Handtücher wurden verteilt. Die beiden Kinder trockneten die unteren Äste ab, Sabine und die Oma die oberen Äste, während Joachim und der Opa sachdienliche Hinweise gaben. Als der Baum endlich „stubengeeignet" schien, konnte er ins Haus gebracht werden. „Ich trage mit!", rief Petra. Der Opa nickte: „Du fasst oben an und ich unten!" „Und ich filme das!", sagte Joachim, der inzwischen die Kamera geholt hatte, und gab noch einige Regieanweisungen. Der Festzug setzte sich in Bewegung. Petra, sehr ernsthaft bei der Sache, hielt den Baum an der Spitze fest; der Opa ergriff ihn „unterhalb der Taille". Allen fröhlich voran, hüpfte Ricci die sechs Stufen zur Haustür hoch. Mit großer Geste öffnete die Oma die Tür und nahm den feierlichen Zug in Empfang. So gelangte der geduschte, frottierte Baum auf seinen Platz im Weihnachtszimmer neben der Anrichte, direkt vor der Steckdose.

Die Kinder waren sehr aufgeregt, und schließlich gingen sie hinauf in ihr Zimmer, um dort auf den Weihnachtsmann zu warten. Während Sabine und die Oma das Festessen zubereiteten, schmückten die beiden Männer den Baum. Schon bald kam der Opa in die Küche: „Jetzt kommt doch mal und seht euch an, wie toll der Baum mit der Lichterkette aussieht!" „Ist das schön!" Die Oma war begeistert: „Ich bin gespannt, was die Kinder dazu sagen werden!"

Sabine ging hinauf zu den Kindern. „Nun warte ich hier mit euch, bis der Weihnachtsmann kommt!" Kurz darauf hörten sie das Klopfen an der Haustür. Petra horchte auf, legte einen Finger an die Lippen, und Ricci sagte ganz leise: „Da ist er schon! Gleich können wir runtergehen!" Kurz danach waren schlurfende Schritte aus dem Flur zu hören, und dann wurde die Haustür lautstark geschlossen.

Erwartungsvolle Stille! Endlich ertönte das Weihnachtsglöckchen, und Joachim rief: „Ihr könnt kommen! Der Weihnachtsmann war da!"

Aus dem Weihnachtszimmer klang Musik, ein Kinderchor sang „Ihr Kinderlein kommet". Oma und Opa erwarteten sie schon. Freudestrahlend lief Ricci zum Baum. Erstaunt blieb er stehen, und dann versuchte er, die Kerzen auszupusten. Joachim und Sabine schauten sich triumphierend an, und plötzlich standen sie im Dunkeln. Alle Lichter waren erloschen.

Der Opa schaltete das Deckenlicht an, und unter dem Baum kam der kleine Ricci hervor. Er hatte schnell begriffen, weshalb die Kerzen nicht auszupusten gingen, und den Stecker aus der Dose gezogen. „Die sind ja elektrisch! Deshalb kann man die nicht auspusten!"

„Richtig! Und es kann auch keine Flamme vom Stängel fallen! Wir können jetzt in aller Ruhe unsere Geschenke unter dem Weihnachtsbaum auspacken."

Der Weihnachtsapfel

Missmutig schaute Peter sich in dem kleinen Wohnzimmer um. Eigentlich wollte er Weihnachten bei Oma und Opa feiern, in dem Haus, in dem auch seine Eltern eine Wohnung hatten. Es war immer so schön, wenn sie bei Oma und Opa zum Essen waren und dann gemeinsam hinauf gingen. Er dachte an den großen Weihnachtsbaum, der immer vor dem Wohnzimmerfenster stand, mit silbernen Kugeln geschmückt war und eine Lichterkette hatte. Eigentlich waren es zwei Ketten. Die mit den kleinen Birnchen, wurde um den Stamm des Baumes gelegt, und die mit den Kerzen direkt auf die Zweige. Rund um den Baum lagen bunte Päckchen und Pakete. Seine Geschenke lagen immer auf der rechten Seite des Baumes. Dort konnte er gemütlich auf dem großen Kissen sitzen, das nur zu Weihnachten benutzt wurde, die Geschenke auspacken und die Anderen beobachten.

Nun war er auf dem Motorkahn, dem Frachtkahn, der seinen Eltern gehörte. Der Vati hatte kurz vor Weihnachten noch eine Fracht angenommen. Auf dem Rückweg waren sie in einem Hafen, weit weg von zu Hause, eingefroren.
Eigentlich war der Raum auf dem Kahn auch ganz schön, obwohl es recht eng war. Auf zwei Seiten waren Fenster, die in einer Spitze zusammenliefen. Die Mutti hatte Tannenzweige auf die Fensterbänke gelegt, dicke grüne Zweige mit langen Nadeln. Eine Lichterkette war durch das Grün gewunden, und die Kerzen lugten daraus hervor. Es lagen auch silberne Kugeln dazwischen und, was besonders schön war, dicke rote Äpfel. Die waren so makellos, so schön, dass man glaubte, dass es künstliche Äpfel seien. Aber es waren keine künstlichen Äpfel! Es waren dicke,

rote Äpfel, die ganz toll schmeckten. Er hatte einen Apfel probieren dürfen, bevor die Mutti die anderen auf das Grün zwischen die Kerzen und die silbernen Kugeln gelegt hatte.

Heute, zum Heiligen Abend, war die Eisbahn im Hafenbecken schon zu Mittag geschlossen worden. Das Eis war blank und glatt, und bei schöner Musik zogen die Schlittschuhläufer darauf ihre Bahnen. Ob er wohl Schlittschuhe bekommen würde? Plötzlich freute er sich! Vielleicht konnte er schon morgen versuchen, auf dem Eis zu laufen. Es sah doch ganz einfach aus!

Es dämmerte bereits. Die Glocken der Kirche auf der Anhöhe waren zu hören. Da rief die Mutti auch schon: „Peter komm! Wir gehen jetzt in die Kirche. Zieh deine dicke Jacke an!" Bevor er aus dem Raum ging, griff er blitzschnell auf die Fensterbank, und der schönste aller Äpfel verschwand in seiner Hosentasche.

Zwischen Vati und Mutti ging Peter die Anhöhe hinauf. Die Glockentöne hallten durch den Abend, und nun, er glaubte nicht richtig zu sehen, fielen dicke Flocken vom Himmel. Freudig griff er nach den weißen Flocken, die sogleich auf seiner Hand tauten. In der Kirche sang ein Chor zur Orgelmusik, und an der Wand neben dem Gang stand die Krippe. Die Eltern gingen in eine Bankreihe aber Peter blieb vor der Krippe stehen. Noch nie hatte er so aus der Nähe eine Krippe gesehen! Die Holzfiguren sahen wie richtige Menschen aus und schienen zu lächeln. Die Schafe hatten ein richtiges, wolliges Fell. Zu gern hätte er sie angefasst. Und da lag das Kind in der Krippe. Er betrachtete es lange. Alle Figuren hatten schöne Kleider an, lange Mäntel und sogar Hüte auf dem

Kopf, wie er noch keine gesehen hatte. Doch das kleine Kind lag nackt in der Krippe! Im Winter! In der Kirche! Warum hatte ihm niemand ein Jäckchen angezogen? So ein schönes, blaues Jäckchen aus weicher, warmer Wolle?

Die Mutti zog ihn am Ärmel in die Bankreihe. Erst jetzt bemerkte er, dass es sehr schön in der Kirche war. Auf den hohen Tannenbäumen neben dem Altar brannten viele Kerzen. Ein Kinderchor begann zu singen. Peter bewegte die Lippen, ganz leise sang er mit. Doch immer wieder schaute er zu dem Kind in der Krippe, er lächelte ihm zu.

Nach dem Gottesdienst, als die Eltern noch mit den Leuten vom Nachbarkahn redeten, ging er schnell zur Krippe hin. Bevor es jemand sehen konnte, legte er dem Kind den wunderschönen Apfel in die Krippe und flüsterte: „Den schenke ich dir zu Weihnachten!" Dann ging er ganz zufrieden mit den Eltern aus der Kirche, hinunter zum Hafen, zu ihrem Kahn. Er war von Freude erfüllt. Er hatte dem Kind in der Krippe den schönsten Apfel geschenkt! Keiner hatte es gesehen; und er würde es niemandem erzählen! Nur er wusste, dass der schönste Weihnachtsapfel nun dem Christkind gehörte.

Ein Päckchen für den Opa

Lilo schloss die Haustür. Endlich war alles geschafft! Opa und Oma waren schon gestern eingetroffen, der letzte Einkauf war erledigt, und der Weihnachtsbaum stand im Wohnzimmer zum Schmücken bereit. Ach, dieser Stress! Aber es war ein wunderbarer Stress! Nie könnte ein Fest so herrlich gefeiert werden, wäre nicht diese Portion Aufregung vorausgegangen – die gehörte einfach dazu!

Der fünfjährige Hannes lief mit seiner kleinen Schwester ins Wohnzimmer, wo sie dem Vati und dem Opa beim Weihnachtsbaumschmücken helfen wollten. Hannes durfte dem Opa die wunderschönen, glänzenden Kugeln zureichen! Püppi war noch zu klein dafür.

Lilo ging in die Küche, wo die Oma damit beschäftigt war, das Festessen zu kochen. Das tat sie in jedem Jahr zu Weihnachten. Alles verlief nach ungeschriebenem Plan, wie in jedem Jahr. Der Vati und der Opa hatten den Baum mit Hilfe der Kinder zum schönsten Weihnachtsbaum, den man je hatte, herausgeputzt, auch wie in jedem Jahr!

Draußen begann es zu dunkeln. Der Schnee leuchtete. Es waren nur ein paar Flocken gefallen, die aber trugen dazu bei, die Feststimmung zu erhöhen. Lilo deckte im Esszimmer den Tisch. Sie stellte Weingläser an jeden Platz, auch an den der Kinder, die dann mit rotem Saft gefüllt werden würden. Oma rief aus der Küche, dass das Essen zum Auftragen fertig sei. Nun konnte der festliche Teil dieses aufregenden, wunderbaren Tages beginnen. Sogar die beiden Kinder waren schon umgezogen, sie wollten an diesem besonderen Tag, genau wie die Eltern und Großeltern, festlich gekleidet sein.

Da klingelte es an der Haustür! Hannes rief: „Der Weihnachtsmann ist schon da!", und verschwand hinter dem Sofa. Verblüfft schauten sich die Erwachsenen an! Sollte das wirklich der Weihnachtsmann sein? Langsam kam der Hannes wieder zum Vorschein. Er folgte den anderen in den Hausflur, hielt sich aber hinter deren Rücken sehr bedeckt. Der Vati öffnete die Haustür. Draußen stand eine junge Frau. Sie hielt ein kleines, rotes Päckchen in der Hand, das mit einem silbernen Band mit großer Schleife umwickelt war. Sie sah ziemlich gestresst aus. Die Frau grüßte freundlich. Als sie den Opa sah, sagte sie erfreut: „Ach wie schön, dass ich Sie endlich gefunden habe! Ich soll doch dem Opa das Weihnachtspäckchen von meinen Kindern bringen!"

Sie hielt dem Opa das Päckchen entgegen, doch der nahm es nicht und meinte bedauernd: „Ich bin nicht der Opa, den Sie suchen! Ich wohne nicht in diesem Haus; ich bin erst seit gestern hier zu Besuch."

Traurig schaute sie den Opa an und sagte mit einem Seufzer: „Entschuldigen Sie bitte! Aber es muss doch hier sein, wo der Opa wohnt! Ich habe ihn in den Häusern davor nicht gefunden!"

Der Vati sagte freundlich: "Sagen Sie doch mal etwas genauer, wen Sie suchen. Vielleicht können wir Ihnen helfen."

Die Frau begann zu erzählen: „Wissen Sie, der Schulweg meiner drei Kinder führt durch diese Straße, und in einem dieser Häuser, ich dachte, dass es Ihr Haus ist, muss der Opa wohnen. Meine Kinder erzählen immer von einem alten Herrn, der oft am Gartentor steht und freundlich mit ihnen redet. Sie nennen ihn einfach ‚Opa'. Neulich war der Jüngste hingefallen und hat sich den Finger verletzt; es hat stark geblutet. Auf jeden Fall hat er laut geweint und gejammert. Da ist der Opa aus dem Hans gekommen, hat den Kleinen mit hinein genommen, den Finger gewaschen und ein Pflaster darauf geklebt. Er hat den Jungen beruhigt und ihm gesagt, dass er nun zur Schule gehen könne und dass es auch sicher nicht mehr so schrecklich bluten würde. Den beiden Großen hat er aufgetragen, auf den kleinen Bruder aufzupassen. Sollte das Pflaster nicht halten, könnten sie auf dem Rückweg bei ihm klingeln, und er würde einen neuen Verband auf den Finger machen!

Nun suche ich den Opa, für den meine Kinder mit so viel Liebe dieses Päckchen gepackt haben, und ich finde ihn nicht! Wie kann ich das bloß den Kindern erklären? Ich habe ihnen doch versprochen, dass er ihren Weihnachtsgruß bekommt!"

Plötzlich kam der kleine Hannes aus dem Hintergrund und meinte: „Ich kenne den Opa! Der wohnt im Haus neben uns. Er winkt mir immer, wenn ich im Garten bin. Er heißt Herr Möllemann!"

Überrascht sah die Frau den Kleinen an: „Jetzt hast du für meine Kinder das Fest gerettet! Wenn sie wieder zur Schule müssen, kommen sie bestimmt mal bei dir vorbei, um sich zu bedanken."

Die Frau verabschiedete sich: „Ein frohes Weihnachtsfest wünsche ich Ihnen allen! Ich bedanke mich ganz herzlich bei Ihnen, und entschuldigen Sie bitte noch einmal die Störung."

„Keine Ursache", sagte der Vati. „Wir wünschen Ihnen auch ein frohes Fest. Sie haben ganz tolle, liebe Kinder. Das wird dem Weihnachtsmann sehr gefallen, und Herr Möllemann wird durch sie bestimmt ein besonders schönes Fest haben!"

Beim Essen wurde noch lange über den unerwarteten Besuch gesprochen. Der Hannes wurde gelobt und gefragt, woher er den

Namen von dem Opa wisse. „Ich habe gehört, wie der Milchmann mal zur Mutti gesagt hat: ‚Nun muss ich noch nebenan zu Herrn Möllemann'!

Mutti, ich möchte auch gerne mal jemandem zu Weihnachten so ein schönes Päckchen bringen!" „Ach ja, Hannes, das kannst Du im nächsten Jahr gerne machen."

Weihnachten am Nordpol

In der Nacht hatte es richtig toll geschneit, und der Schneepflug war zweimal durch den Ort gefahren. Am Morgen waren die Erwachsenen damit beschäftigt, den Schnee von den Bürgersteigen zu fegen. Die Kinder jubelten - das war die Zeit zum Schneemannbauen!

Im Garten rollten der Hans und der Heinz schon die ersten Schneekugeln, als die kleine Gitti dazu kam. „Baut ihr nun das Schneehaus?" „Na klar", sagte Hans. Mit wichtiger Miene schaute er in das tiefe Loch von mindestens zwei Metern Durchmesser, das im letzten Herbst entstanden war, als der alte dicke Birnbaum gerodet wurde. Neugierig kam Heinz dazu. Er schob eine dicke Schneekugel vor sich her. „Schieb die Rolle mal näher an das Loch! Ungefähr einen Meter Abstand davon!", rief Hans dem Bruder zu und sprang in das Loch. „Das passt ganz prima! Wenn wir die Rollen einen Meter hoch rundherum legen, können wir sogar in dem Iglu stehen."

Jawohl, Iglu hieß so ein Schneehaus! Das erklärten sie der kleinen Gitti. „Hat denn so ein Igel auch eine Tür?" frage sie. „Iglu!", verbesserte der große Bruder. Die Drei überlegten, was für eine Tür so ein Iglu wohl haben könnte. Schließlich erklärte Hans, der Älteste von ihnen und jetzt Baumeister, dass so ein Iglu gar keine Tür habe. „Zwischen den Rollen lassen wir ein Stück frei. Das wird der Eingang, und davor hängen wir dann einen Sack!"

Staunend schaute Gitti die beiden Brüder an. Was die immer alles wussten! Aber schließlich konnten sie schon lange lesen und schreiben, während sie noch ein Jahr Zeit bis zur Einschulung hatte.

Nun ging alles sehr schnell. Sie rollten eifrig große Schneekugeln. Gitti rollte die kleineren Kugeln, die auf die dicken Kugeln draufgesetzt wurden. Bewundernd standen die Drei vor ihrem Werk. Wirklich gut gelungen!!! Hans probierte noch einmal, ob er in dem Schneehaus auch tatsächlich stehen konnte, und beschloss dann, das Dach zu bauen, wofür Reisig und Tannenzweige verwendet werden sollten. „Den Sack für den Eingang besorge ich!", verkündete Heinz, der ein großes Talent im Organisieren war. „Die Großmutter hat einige Säcke in die Waschküche gelegt, weiß nicht warum. Jedenfalls werde ich einen holen!"

So einen schönen Iglu hatten die Drei noch nie gesehen! Innen hingen vom Dach ein paar Zweige herunter, aber nur ganz kurze, und vor dem Eingang hing der Sack, den man hochheben musste, um in das Schneehaus zu kommen. „Fertig", rief Hans, „nun können wir ihn einrichten!" Nacheinander stiegen sie in das Schneehaus; der kleinen Gitti halfen sie beim Sprung nach unten. Der freie Platz vor den Kugeln wurde als Sitzbank genutzt. „Das ist aber kalt", klagte die Kleine, und der Organisator beschloss, auch einen Sack für die Sitzbank zu holen.

Es dauerte nicht lange, und Heinz war zurück: „Macht mal auf!" Die „Tür" wurde hochgehoben, und er reichte den Sack für die Sitzbank hinunter. Stolz wies er auf den Schemel, den er mitgebracht hatte. „Der ist unser Tisch! Dann feiern wir Weihnachten am Nordpol!" Gitti erkannte den Schemel, der aus Großvaters

Werkstatt stammte, sagte aber nichts. Sie schlug freudig die Hände zusammen und meinte anerkennend: „Dufte!"

Sie saßen auf der Iglubank. Hans zog ein kleines Tannenzweiglein aus dem Dach. „Das ist unser Weihnachtsbaum! Am Nordpol haben sie auch keinen besseren!" Heinz stieß einen leisen Pfiff aus, schaute die beiden geheimnisvoll an und sagte: „Abrakadabra". Aus der Jackentasche zog er einen Kerzenstummel und auch noch eine Schachtel Zündhölzer. „Jetzt ist alles fertig! Nun brauchen nur noch die Glocken zu läuten, aber die läuten erst um Sechs zum Feierabend. Also müssen wir das selber machen!" Vergnügt sangen sie mit tiefer Stimme „bim bam, bim bam!"

In das festliche Läuten hinein, hörten sie die Mama rufen, die vor der Tür stand. Sie hoben den Sack an. Die Mama schaute herein; sie musste sich bücken, um alles zu sehen. Sie hatte einen Korb in der Hand. „So, ihr Baumeister, jetzt braucht ihr eine Stärkung! Ich habe euch heißen Kakao und frische Mohnschnecken mitgebracht!" Die Kinder jubelten und fragten die Mama, die den Korb hereinreichte, ob sie mit ihnen Weihnachten am Nordpol feiern möchte. Die Mama lehnte herzlich dankend ab. „Lasst es euch schmecken, und dann kommt gleich ins Haus, damit ihr euch nicht erkältet und zu Weihnachten im Bett liegen müsst!"

Die Kinder verzehrten fröhlich die Weihnachtsvesper. Sie sangen ein Lied, und der kleine Kerzenstummel auf dem Tannenzweig ließ seine letzten Lichtpunkte leuchten. Sie stiegen aus dem Iglu, und als sie vor dem Haus standen, meinten sie, dass ein Haus aus Stein doch auch ganz schön sei, besonders jetzt, zur kalten Jahreszeit.

Auf Heu und auf Stroh

Endlich Ferien!

„Die haben es aber eilig! Und ich wollte auf dem Weihnachtsmarkt einen ausgeben! Schließlich habe ich morgen Geburtstag!"
maulte Helge. „Ihr kennt das doch!", sagte Klaus verächtlich,
„kaum ist die Penne zu - rein ins Flugzeug, rauf auf den Luxusli-
ner, nur weg von hier!"

Auf dem Weihnachtsmarkt verkaufte man den Jungen keinen
Glühwein; die vier Klassenkameraden waren schließlich erst
sechzehn Jahre alt. In der Hoffnung, einen Punsch oder so etwas
Ähnliches mit einem Schuss Alkohol zu bekommen, gingen sie in
das nächste Café. Es klappte auch dort nicht, und so entschlossen
sie sich, ein Eis zu essen!

„Ganz schon blöd, so kurz vor Weihnachten Geburtstag zu haben!
Niemand hat vor Weihnachten Zeit. Ein Trost ist, dass mein Bruder kommt. Der ist mit seinem Studium fertig, und er will mit mir
gleich nach Weihnachten für ein paar Tage nach Norwegen fahren. Darauf freue ich mich!"

„Ich finde es auch blöd, dass zu Weihnachten immer etwas unternommen werden muss", stimmte Klaus zu. „Möglichst weit weg,
wo es warm ist und die Sonne scheint. Ich bleibe zu Hause! Wir
bekommen Besuch, das finde ich toll! Da kommt wenigstens Leben in die Bude!"

Heiko und Elmar schauten sich an. Sollten sie über ihr Vorhaben,
das ja noch schiefgehen konnte, reden? Da die Klassenkameraden
aber wissen wollten, was die beiden Freunde vorhatten, erzählte
Elmar: „Eigentlich ist noch nichts entschieden. Heikos Vater

muss erst noch sein o.k. geben. Ich habe in Österreich in einem Bergdorf in einem kleinen Hotel ganz einfach für uns beide Zimmer bestellt. Wenn Heikos Vater uns nicht einen Strich durch die Rechnung macht, fahren wir übermorgen los. Mit der Bahn!"

Klaus kratzte sich am Kopf und gab zu bedenken, dass das verdammt gewagt wäre. Schließlich sei doch Heikos Vater auch so ein Snob, der die Karibik einem kleinen Urlaubsort vorziehen würde. Heiko reagierte nicht auf den „Snob". Auch ihm war bewusst, worauf sein Vater wert legte, und die Mutter erst recht! Was sollte man denn zu Hause anfangen? Etwa den Weihnachtsbaum schmücken? Heiko jedenfalls wollte weder eine Kreuzfahrt, noch sonst einen luxuriösen Quatsch. Er wollte nur einmal mit dem Freund verreisen! Ungezwungen, ohne elterliche Aufsicht, ganz einfach mal machen wozu man Lust hat, eben ungezwungen!

Als Heiko nach Hause kam, fuhr gerade der Vater vor. Das Garagentor öffnete sich, der Wagen glitt in die Garage. Heiko wartete nicht auf den Vater; sie würden sich, wie jeden Tag, um 17.00 Uhr am Esstisch treffen.

Die Stimmung beim Essen war heiter. Eigentlich war der Vater selten schlecht gelaunt! Heiko überlegte, ob er jetzt von dem geplanten Urlaub mit Elmar reden sollte, um sich dafür die Zustimmung der Eltern zu holen. Er kam nicht dazu! Der Vater zog ein Bündel Papiere aus der Jackentasche: „Da sind die Reiseunterlagen! Es hat alles geklappt! Wir fliegen nach Kanada! Ich freue mich darauf, unseren kleinen Enkelsohn auf dieser schönen Erde willkommen zu heißen!" Gut gelaunt wandte er sich an Heiko: „Freust du dich denn nicht darauf, deinen kleinen Neffen zu sehen?" „Auch das noch!", dachte Heiko, und als der Vater ihn noch einmal fragte, ob er sich denn nicht auf die Reise freue, schließlich kenne er ja nicht einmal seinen Schwager, Hannelores Mann, sagte Heiko einfach: "Nee! Ich freue mich nicht. Für euch schon, aber nicht für mich. Ich wollte nämlich mit Elmar nach Österreich fahren, in ein kleines Hotel, in einen kleinen Ort, nichts Tolles. Ich dachte, dass ihr mir das erlauben würdet! Ich habe doch noch von dem letzten guten Zeugnis einen Wunsch frei!"

Die Überraschung war gelungen. Verblüfft sah der Vater den Sohn an. Seine gute Laune hatte sich nach dieser Mitteilung nicht geändert, im Gegenteil! „Du siehst, dass ich außerordentlich erstaunt bin! Aber auch erfreut, dass du dich mal selbst für etwas entscheidest!" Jetzt war Heiko verblüffter als der Vater! Er lachte: „Klasse Papa, dass du damit einverstanden bist! Du glaubst nicht, wie mich das freut! Da können wir ja gleich die Fahrkarten besorgen!" „Ja, das können wir! Schreib mir alles auf, ich erledige das!" Hocherfreut dachte Heiko: „Doch kein Snob, der Papa!"

Schon morgens um 8 Uhr trafen sich die beiden Freunde am Bahnhof. Elmar wurde von seiner Mutter gebracht, Heiko kam mit einem Taxi. Sie waren beide sehr froh darüber, dass alles geklappt hatte, und sie nun gemeinsam in den Urlaub fahren konnten.

„Hast du die Fahrkarten, Heiko?" Heiko zog ein Bündel Papiere aus der Tasche. „Wir müssen auf den Zugplan sehen. Wir haben Wagen 5, Platz 16 und 17, Fensterplätze!" Er wedelte mit dem Bündel und sagte triumphierend: „Und das in der ersten Klasse! Ein Geschenk von meinem Vater an uns beide!" Fassungslos meinte Elmar: „Nee! Eigentlich gar nicht so schlecht, wenn der Vater ein Snob ist! Wollte er nicht, dass du in der zweiten Klasse fährst, oder wollte er uns einfach eine Freude machen?"

Der Zug fuhr ein. Er hatte nur zwei Minuten Verspätung, schließlich war es ein ICE! Die beiden Jungen stiegen ein; sie strahlten vor Freude. Langsam setzte sich der Zug in Bewegung. Ein Gefühl von Freiheit hatte sie erfasst. Heiko sagte: „Mein Vater freut sich darüber, dass wir beide allein diese Reise machen, obwohl wir noch nicht ‚erwachsen' sind. Natürlich habe ich noch eine Menge Ermahnungen bekommen — sicher gut gemeint! Die Mama hat mir einen Schein in die Tasche geschoben. Sie besteht darauf, dass wir im Speisewagen frühstücken, da ich ja nur eine Tasse Tee getrunken habe!" „Klasse!", sagte Elmar, „bin sehr damit einverstanden. Ich habe nämlich inzwischen richtig Kohldampf bekommen."

Der Speisewagen war mit Lichterketten geschmückt und auf jedem Tisch - eigentlich waren es ja nur Tischchen - stand ein kleiner Weihnachtsstrauß. Es war ein wunderbares Gefühl, in diesem tollen Zug durch die Gegend zu rasen und dabei auch noch zu frühstücken - und was für ein Frühstück! Und das alles ohne Eile! Man saß da und schaute, staunte, und genoss einfach alles, was man an anderen Tagen nicht hatte. „Mensch Heiko, am liebsten würde ich hier sitzen bleiben und bis ans Ende der Welt fahren und essen und trinken und gucken! Findest du nicht auch? Eigentlich haben wir doch ganz passable Eltern. Wir werden sie anrufen, sobald wir am Ziel sind. Ich glaube, wir sollten ihnen auch mal eine Karte schreiben, falls wir dazu kommen - ich meine, es nicht vergessen!" Heiko nickte: „Wie gut, dass ich jetzt nicht im Flugzeug sitze, um nach Kanada zu fliegen! Hannelore, diese Mustertochter! Erst die beste Schülerin, immer Einsen geschrieben, Studium mit links geschafft, und dann solch reichen Knacker geheiratet! Und jetzt hat sie auch noch ein Kind bekommen!" Er verzog den Mund: „Bestimmt wird das auch mal so ein Musterknabe, der schon im Kindergarten ‚seinen Master' macht!"

Als sie am Zielort ankamen, begann es bereits zu dunkeln. Das Hotel lag am Ortsausgang, der Weg dorthin war aber nicht weit. Es gefiel beiden auf Anhieb. In der Halle brannte ein Kaminfeuer, und in der Mitte des Raumes stand ein großer Weihnachtsbaum mit vielen leuchtenden Kerzen. „Klasse hier! Ich freue mich schon auf das Abendessen!"

Am nächsten Morgen nach dem Frühstück, fragte der Hotelportier, wer die Schlittenfahrt mitmachen möchte. Einige Gäste meldeten sich und wurden gebeten, in zehn Minuten draußen bei den Schlitten zu sein. „Wer die kleine Wanderung zum Almwirt mitmachen möchte, komme bitte in die Halle, ebenfalls in zehn Minuten. Bitte, ziehen Sie sich warm an. Und denken Sie bitte daran, dass wir um 16 Uhr zurück sein müssen, da das Festmahl um 17 Uhr beginnt!" „Und was machen wir?", fragte Elmar den Freund. „Wir ziehen uns warm an und wandern mit zum Almwirt. Mein Handy nehme ich mit!", sagte Heiko.

Nur sechs Leute nahmen an der Wanderung teil. Das Wetter war klar, sehr kalt, und die Stimmung war gut. Die Gruppe ging schnell, es dauerte nur wenige Minuten, bis sie in den Wald einbog. Die Sonne schien, und auf den hohen Tannen glitzerte der Schnee silbrig weiß. An manchen Stellen war der Weg recht glatt, so dass die Wanderer eine Kette bildeten, um sich aneinander festzuhalten.

Nach einer einstündigen Wanderung erreichten sie die Lichtung mit der Almwirtschaft, einer Holzhütte. Aus dem Schornstein stieg heller Rauch auf. Rechts und links der Hüttentür standen mit Lichterketten geschmückte Weihnachtsbäumchen. Die Wanderer klopften sich den Schnee aus den Kleidern. Ab und zu war von einem dick beschneiten Ast, der die Last nicht mehr tragen konnte, Schnee herunter gefallen.

In der gemütlichen Gaststube begrüßte der Wirt die neu angekommenen Gäste. „Ist das hier schön warm!", sagte Elmar. „Sieh mal, Heiko, da steht noch ein richtiger, alter eiserner Ofen, der mit Holz geheizt wird!"

Die beiden Freunde suchten sich einen Platz an einem der zwei noch freien Tische; die drei anderen Tische waren bereits besetzt.

Auf Wunsch wurden heiße Brühe, Bauernbrot und Tiroler Speck serviert - und natürlich Glühwein. Der Weinkrug stand auf dem Tisch, und schon bald war die Stimmung der Gäste auf dem Höhepunkt. Der Wirt spielte Weihnachtslieder auf dem Akkordeon, und bald stimmten die Gäste in die Melodien ein. Heiko und Elmar sangen auch mit, obwohl sie nicht von allen Liedern den Text kannten. Es war einfach schön hier zu sein und zu singen - auch ohne Text. In der frohen Runde verging die Zeit wie im Fluge.

Mit Bedauern hörten die Gäste die Ansage des Wirtes, dass die Hütte nun geschlossen wurde - es war ja schließlich der Heilige Abend. Der Wirt wünschte allen ein frohes Fest und lud die Wanderer ein, bald wiederzukommen.

Vor der Hütte verabschiedeten sich die Gäste voneinander und gingen ihrer Wege. Heiko und Elmar schlossen sich wieder den Leuten an, mit denen sie gekommen waren. Sie waren noch nicht lange unterwegs, als Heiko bemerkte, dass er sein Handy in der Hütte vergessen hatte. „Gehen Sie schnell zurück, bevor der Wirt die Hütte verlassen hat! Wir gehen inzwischen langsam weiter, denn zum Warten ist es zu kalt. Sie werden uns schon wiederfinden, denn noch ist es ja nicht ganz dunkel!"

Die Freunde erreichten die Hütte gerade in dem Moment, als der Wirt die Tür abschließen wollte. Lachend sagte er: „Sie suchen Ihr Handy, stimmt's? Ich habe es in den Schrank gelegt; ich hole es." Nach kurzer Zeit kam er mit dem Handy zurück. „Ihnen ist doch klar, dass Sie beide den Weg zurück alleine nicht finden werden? Es ist ja schon dunkel! Wenn Sie sich auf dem Rückweg verlaufen, wird es gefährlich bei der Kälte. Sie sollten doch lieber in der Schutzhütte, fünf Minuten von hier entfernt, übernachten." Elmar und Heiko waren nicht begeistert von der Aussicht, weit ab von einem Ort, ganz allein in den Bergen, zu übernachten. „Ich bringe Sie zur Schutzhütte" bot der Wirt an, „ und gebe Ihnen etwas Speck und Brot und eine Flasche Glühwein mit, da ja Weihnachten ist!".

An der Hütte angekommen, sagte der Wirt: „Da sind wir schon. Von weitem konnte man die Hütte kaum sehen, nicht wahr? Ein Fremder würde sie gar nicht finden!" Er schloss die Tür auf. „Ich mache erst mal Licht! Ich zünde hier die Kerze in der Stalllaterne an." Er hielt die Laterne hoch. „Sehen Sie - hier die breite Liege-statt, auf der Sie schlafen können, und drei Decken sind auch da. Nun mache ich Feuer im Ofen." Es brannte sofort lichterloh. „Dort ist gespaltenes Holz zum Nachlegen. In dem Topf auf dem Bord können Sie den Glühwein heiß machen, und morgen früh zum Waschen können Sie in diesem Topf den Schnee schmel-zen." „Wir sollten aber auch in unserem Hotel Bescheid sagen", schlug macht man sich sonst vielleicht Sorgen um uns." „Telefo-nieren können Sie nicht, wir sind hier in einem Funkloch. Ich mache das schon für Sie. Die Bergwacht rufe ich auch an, viel-leicht schauen die mal bei Ihnen vorbei." Heiko fragte den Wirt was er zu bezahlen habe für all die Mühe und den Proviant. „Schon gut! Geben Sie etwas der Bergwacht! Übrigens - das Klo befindet sich im Stall." Der Wirt nahm seinen Rucksack und nickte den Freunden zu. „Denken Sie daran, dass Sie nur die Kerze in der Stalllaterne anzünden, dann kann nichts passieren. Gott schütze Sie! Sie verbringen die Heilige Nacht auf Heu und auf Stroh!"

„Auf Heu und auf Stroh! Diesen Spruch habe ich schon gehört! Weißt du, woher er kommt?" Elmar überlegte. „Ich glaube, der kommt aus einem Weihnachtslied oder -gedicht. Wer kennt denn das heute noch? Aber gehört habe ich es schon!"

„Also wirklich, ich hatte mir den Heiligen Abend anders vorgestellt" grinste Heiko. „Aber wir machen das Beste draus." Der Ofen verbreitete inzwischen eine angenehme Wärme, und plötzlich sah alles ganz anders aus. Auch das Lager sah auch nicht mehr so kalt aus. „Zuerst machen wir den Glühwein heiß, den trinken wir eben aus einer Tasse. Das Brot und der Schinken sind auch ganz lecker. Meinst du nicht auch, Elmar?" Bevor Elmar antworten konnte, hörten sie ein Geräusch vor der Hüttentür; dann klopfte es. „Hier ist die Bergwacht!" Ein Mann trat ein. Über der Schulter hing eine Tasche. „Grüß Gott!", sagte er freundlich. „Na, schon mal in einer Hütte geschlafen? Auf Heu und auf Stroh?" Die Freunde begrüßten den Besucher erfreut. Der stellte seine Tasche auf den kleinen Tisch und zog eine Thermosflasche heraus. „Das ist Kaffee für Morgen zum Frühstück. Und Christstollen habe ich auch mitgebracht!"

Elmar und Heiko luden den freundlichen Mann von der Bergwacht zu einer Tasse Glühwein ein, er nahm dankend an. Die beiden Freunde erzählten ihm von dem Ausflug zum Almwirt und weshalb sie zu Weihnachten nach Österreich gekommen waren. Der Gast hörte interessiert zu und erzählte dann von seiner Arbeit in den Bergen. Plötzlich horchte er auf. „Hört ihr das? Das sind die Glocken! Die Weihnachtsglocken von unten aus dem Tal! Kommt mit hinaus! Wir wollen sie gemeinsam hören!"

Vom Himmel leuchteten die Sterne auf den weißen klaren Schnee. Die Tannen warfen schwarze Schatten darauf. „Ist das nicht schön, Heiko?", rief Elmar. „Ja, einfach wunderschön. So schön habe ich Weihnachten noch nie erlebt. Ich glaube, das werde ich nie vergessen!"

Der Gast verabschiedete sich. „Nun schlaft gut zur Heiligen Nacht auf Heu und auf Stroh!"

Die Freunde setzten sich auf die Bettstatt. „Ich glaube, ich weiß jetzt ungefähr, wo der Spruch ‚Auf Heu und auf Stroh' herkommt. Da gibt es ein Weihnachtslied, aber der gesamte Text fällt mir nicht ein. Ich glaube, es heißt: ‚Da liegt es, das Kindlein, auf Heu und auf Stroh' - damit ist bestimmt das Christkind in der Krippe gemeint!"

Drinnen in der Hütte schliefen die beiden Jungen in die Decken gewickelt tief und zufrieden, und die Kerze in der Stalllaterne flackerte leise. Draußen vor der Hütte, tief in den Bergen, leuchtete die hohe Nacht der klaren Sterne.

Die Puppenstube

Als Wolfgang aus der Schule kam, rief er, kaum, dass er das Haus betreten hatte: „Bei Müller ist das Weihnachtsfenster dekoriert!" Das war eine Mitteilung, die von Hans und Lieselotte voller Begeisterung aufgenommen wurde. Endlich! Die Kinder im Dorf hatten schon lange auf dieses Ereignis gewartet. Müller war das einzige Geschäft, das ein Weihnachtsfenster mit Spielzeug dekorierte. Das war wirklich ein Ereignis! Heute Nachmittag würden sich die Drei diese Pracht ansehen und sicher etwas Wünschenswertes entdecken, obwohl sie vielleicht schon einen Wunsch hatten.

Wolfgang machte sich mit den Geschwistern auf den Weg zu Müllers Weihnachtsfenster. Es war nicht weit, und da die Bürgersteige vom Schnee geräumt und mit Asche bestreut waren, brauchten sie nur sechs oder sieben Minuten. Die Schneehaufen an den Straßenrändern störten sie nicht – im Gegenteil! Es machte Spaß, darüber zu hüpfen. Und wenn man hinfiel, tat es nicht einmal weh.

Vor dem Schaufenster standen schon einige Kinder. Ein Junge rief begeistert: „Seht ihr die Lokomotive? Die möchte ich gerne haben!" Ein anderer interessierte sich für das kleine Luftgewehr. Der Stabilbaukasten fand viele Interessenten. Auch Lieselotte bestaunte die Pracht. Sprachlos stand sie davor. Da war doch tatsächlich in einem offenen Karton eine richtige Schulklasse für ihre Puppenstube; zwei Bänke, ein Lehrerpult mit Sitz und eine

richtige Tafel mit Gestell! Das war wunderbar! In ihrer Puppenstube war noch ein Zimmer frei, und ihre kleinen Puppen könnten
dann in die Schule gehen! Es war ganz klar, diese Schulklasse
wollte sie haben! Die anderen schönen Spielsachen, die ausge-
stellt waren, interessierten sie überhaupt nicht mehr.

Hans schwärmte für den Stabilbaukasten: „So was habe ich mir
schon lange gewünscht!" Wolfgang hatte gleich mehrere Dinge
für sich entdeckt. Zu Hause würden sie sofort der Mama sagen,
was sie sich ganz doll zu Weihnachten wünschten.

Von diesem Tage an ging Lieselotte oft zu dem Schaufenster, um
zu sehen, ob die Puppenklasse noch da war. Die Mama bekam
viel zu hören über das Wunder in Müllers Schaufenster. Lieselotte
hatte schon vier kleine Püppchen ausgesucht, die in diese herrliche Schule gehen sollten. Eines Tages aber, als Lieselotte sich die
Puppenklasse wieder einmal ansehen wollte, war sie nicht mehr
im Schaufenster! Das kleine Mädchen stand ratlos da und war den
Tränen nah. Sofort erzählte Lieselotte der Mama, dass ihr großer
Wunsch nicht mehr im Fenster war. Die Mama blieb ganz ruhig
und meinte nur, dass sie doch nicht traurig sein solle. Wer weiß,
was das Christkind damit vorhat!

Weihnachten rückte näher. Lieselotte ging nicht mehr zu Müllers
Schaufenster, in dem inzwischen einige der herrlichen Dinge fehl-
ten. Eines Morgens, als die Mama zum Einkaufen gegangen war,
sah Lieselotte einen Karton auf dem Wohnzimmerschrank, der
dem Puppenstubenkarton sehr ähnlich sah. Lieselotte begriff es
nicht. Wie sollte der Karton aus Müllers Schaufenster auf den
Schrank gekommen sein? Aber wahrscheinlich war es ein ganz

anderer Karton! Oder doch nicht? Lieselotte wurde es kalt. Sie konnte den Blick nicht von dem Karton lassen. Sie fühlte nur eins – Neugier! Aufgeregt und in höchster Eile zog sie einen Stuhl vor den Schrank. Das war nicht hoch genug. Auf den Stuhl stellte sie noch die Fußbank und erklomm dann den wackeligen Aufbau. Ihre kleinen Finger angelten in den Karton und ertasteten eine der Schulbänke. Geschwind, bevor die Mama zurück kommen würde, stieg sie von dem Aufbau herunter, stellte die Fußbank und den Stuhl zurück an ihre Plätze und setzte sich total glücklich mitten ins Zimmer, unter den Esstisch!

Zwei Tage vor Weihnachten brachte der Postbote das große Weihnachtspaket aus Berlin von Tante Emma — wie in jedem Jahr. Die Mama verwahrte das Paket; keiner wusste, wo. Das kleine Mädchen war sehr froh, dass bald Weihnachten sein würde. Es hatte ein schlechtes Gewissen und wusste, dass es der Mama nicht sagen konnte, dass es neugierig gewesen war. Keiner hatte Lieselotte in Verdacht, dass sie so etwas machen würde! Warum hatte sie sich nicht einfach damit zufrieden gegeben, das Paket auf dem Schrank zu sehen? Nie wieder würde sie so etwas tun, und sie dachte, dass mit Weihnachten alles wieder gut sein würde.

Lieselotte ging an Papas Hand in die Christnacht. Die Kirche war wunderbar geschmückt, und die hohen Tannen neben dem Altar schienen in den Himmel zu wachsen. Der Knabenchor, auf mehrere Emporen verteilt, sang jubilierend in der schönen, alten Kirche. Und dazu noch die gewaltige Orgelmusik! Lieselotte war aufgeregt und wünschte sich, einst auch in einem Chor in dieser Kirche zu singen.

Nach dem Abendessen endlich war es so weit! Sie durften ins Weihnachtszimmer gehen! Der Tannenbaum erstrahlte in vollem Lichterglanz. Die Geschenke waren mit großen Bogen Weihnachtspapier zugedeckt. Lieselotte konnte nichts erkennen.

Zuerst wurde musiziert. Wolfgang spielte ein Weihnachtsstück auf dem Klavier. Auch hierbei konnte Lieselotte noch nicht mitwirken. Als endlich die Musik beendet war, nahm die Mama die Weihnachtsbogen von den Geschenken. Da stand der Karton mit dem Klassenzimmer!!! Voller Freude schlug Lieselotte die Hände zusammen und hüpfte jubelnd im Zimmer umher. „Die schöne Schulklasse!" rief sie, „die schöne Schulklasse!" Und da war noch ein Karton, in den man hineinsehen konnte. Eine wunderschöne Puppe mit silberner Lockenfrisur lag darin. Sie trug ein Kleid aus hellblauer Seide, das mit schmalen Spitzenstreifen besetzt war. Bewundernd betrachtete Lieselotte die herrliche Puppe - vielleicht war sie ein wenig zu groß für das Klassenzimmer. Die Mama erklärte, dass diese Puppe eine Rokoko-Dame sei, und Lieselotte dachte: „Die ist die Lehrerin! Sie sieht nicht aus wie die kleinen Puppen, sie hat ja schon graue Haare!"

Zu später Stunde hob der Papa Lieselotte hoch, damit sie die obersten Kerzen am Weihnachtsbaum auspusten konnte, und es gab kein glücklicheres Kind auf Erden als das kleine Mädchen auf Papas Arm.

Einsam zu Weihnachten?

Anneliese ging den Weg am Waldesrand entlang - allein! Eigentlich war sie immer allein. Vielleicht hatte sie diese Reise in die Berge ja auch unternommen, um zu Weihnachten nicht allein zu sein. Hier würde Schnee liegen und viele Erholungssuchende würden sich in dem Wintersportort zusammenfinden.

Auf ihrem einsamen Spaziergang an diesem herrlichen Wintertag kam Anneliese in den Sinn, dass niemand sie gefragt hatte, ob sie am Heiligen Abend etwas vorhätte. Was hätte sie denn antworten sollen? „Ach, gar nichts!", oder „Ich bin allein, wie immer!" Keiner wäre wirklich an ihrer Antwort interessiert gewesen. So war es doch besser, dass niemand gefragt hatte.

„Eigentlich", dachte Anneliese, „war ich fast mein ganzes Leben lang alleine. Ich war nie für längere Zeit mit einem Mann zusammen und habe auch keine Kinder. Meine Cousinen bezeichnen mich als ,Einzelgängerin'. Wahrscheinlich bin ich das auch. Sie scheinen mich schon vergessen zu haben. Sie schreiben mir ja nicht mal zum Geburtstag eine Karte."

Die Ruhe und die Stille dieses Spazierganges taten Anneliese wohl. „Eigentlich ist es jetzt auch einsam, aber es ist schön." Anneliese ging weiter. „Und wie wäre es", dachte sie, „wenn ich einmal auf die Cousinen zugegangen wäre und ihnen geschrieben hätte, oder sie zum Geburtstag eingeladen hätte?"

Die einsame Spaziergängerin bemerkte, dass es zu dunkeln begann, und trat den Rückweg an. Sie wollte heute, am Heiligen

Abend, nicht zu spät ins Hotel kommen, und auch noch Zeit genug haben, sich für das angekündigte Festessen umzukleiden. Anneliese hoffte, dass die nette Frau vom Nachbartisch, die sie heute Morgen beim Frühstück getroffen hatte und die auch ohne Begleitung war, wieder da sein würde.

Anneliese vernahm von fern Glockenläuten. Vor der Kirche im Ort brannte ein helles Feuer, und eine Blaskapelle spielte Weihnachtslieder. Viele Menschen hatten sich dort versammelt. Anneliese mischte sich, als würde sie jemand leiten, unter die Menschenmenge. Die Blaskapelle spielte das schönste aller Weihnachtslieder „Stille Nacht, heilige Nacht". Die Zuhörer stimmten in die Melodie ein. Sie fassten sich an den Händen, und Anneliese bemerkte, dass ein fremder Mann, den sie noch nie gesehen hatte, ihre linke Hand hielt. Aber auch ihre rechte Hand ergriff jemand. Es war die Frau aus dem Hotel, der sie heute Morgen beim Frühstück begegnet war. Anneliese lächelte glücklich. Das Singen war so schön, dass es noch hätte lange dauern können. Noch nie im Leben hatte sie so viele Lieder am Heiligen Abend gesungen.

Als die Musik geendet hatte, fragte die Frau: „Gehen wir zusammen zurück ins Hotel?" „Sehr gerne! Und wenn Sie heute Abend auch allein sind, würde ich mich freuen, wenn Sie sich zu mir an den Tisch setzen würden!" „Ich bin allein! Es wäre schön, wenn wir den Abend zusammen verbringen konnten."

Der Weihnachtsgeburtstag

„Zieht euch warme, feste Schuhe an und seid morgen um elf Uhr bei mir. Bringt Zeit bis zum Abend mit. Mehr verrate ich nicht! Das ist meine Überraschung!", sagte Irina.

Vor der Schule verabschiedete sich Irina von den vier Freundinnen und ging zur Bushaltestelle. Die anderen Schülerinnen gingen noch ein Stück zusammen die Straße entlang; sie hatten auf diesem kurzen Wegstück noch viel zu besprechen. Claudia sagte, dass sie den Gutschein, den sie morgen Irina zu ihrem 16. Geburtstag schenken wollten, bei der Theaterkasse abgeholt habe. „Bin neugierig auf Irinas Gesicht. Die freut sich bestimmt sehr! Das Theaterprogramm legen wir dazu!", meinte Annette. „Was mag Irina nur für eine Überraschung für uns haben?", fragten Lisa und Laura fast gleichzeitig. Sie rätselten noch eine Weile, besonders darüber, was es wohl zu bedeuten habe, dass sie feste Schuhe anziehen sollten. „Sie wird doch nicht mit uns wandern wollen?"

Am ersten Ferientag, pünktlich um elf Uhr, fanden sich die vier Freundinnen bei Irina ein. Sie hielten ein riesiges Kuvert mit dem Gutschein für die Theaterkarte und mit dem Programm bereit. Irinas Mutter bat die Freundinnen ins Wohnzimmer. Auf einem kleinen Tisch stand eine dicke, brennende Kerze. Irina kam fröhlich ins Zimmer. Die vier Freundinnen gratulierten ihr zum Geburtstag und drängten sie, den Umschlag direkt zu öffnen. Irina war überrascht, aus dem großen Umschlag den kleinen Gutschein und das Theaterprogramm zu ziehen. „Klasse!", rief sie hocherfreut, „das ist ja toll! Das Kuvert kommt neben das Lebenslicht.

Denkt nur nicht, dass ich drei Tage vor Weihnachten nichts zum Geburtstag bekommen habe, weil die Kerze ganz alleine dasteht! Mein Geburtstagsgeschenk werden wir zusammen genießen. Aber erst trinken wir einen Cappuccino!"

Die Freundinnen gingen zur Bushaltestelle. „Gut, dass ihr Wanderschuhe angezogen habt, denn jetzt kommt der erste Teil meiner Überraschung." „Also doch eine Wanderung", stöhnte Annette, „das habe ich befürchtet!" Irina ging nicht darauf ein: „Zuerst einmal fahren wir etwa 50 Minuten mit dem Bus. Wir fahren in die Eifel. Dort müssen wir noch 20 Minuten bis zu unserem Ziel laufen, deshalb die festen Schuhe. Mehr verrate ich nicht!" Irina hatte viel Spaß daran, die neugierigen Freundinnen noch eine Weile zappeln zu lassen.

Bei ihrer munteren Unterhaltung verging die Busfahrt sehr schnell, und erst beim Aussteigen bemerkten sie, dass eine dünne Schneeschicht den Boden bedeckte. „Das ist aber wirklich eine Überraschung! Schnee!" Nun nahmen die Mädchen den Fußweg gerne in Kauf. „Jetzt möchte ich aber doch endlich wissen, wohin wir gehen!" Irina hatte sich darauf eingestellt, dass die Freundinnen ihr viele Fragen stellen würden, und ihre Antworten gaben ihnen eigentlich noch mehr Rätsel auf.

Nach etwa zwanzig Minuten Fußweg erreichten sie ein altes Bauernhaus. „Jetzt sind wir fast an unserem Ziel angekommen. Hinter diesem Haus steht unser kleines Dornröschenschloss!" Eine Frau kam aus dem Haus. „Tante Charlotte! Da bin ich mit meinen Freundinnen!" Irina begrüßte die Tante stürmisch, die sie in die Arme schloss und ihr zum Geburtstag gratulierte. Cousine Lena kam dazu und spielte ein Begrüßungslied auf der Gitarre. „Kommt mit mir!", rief sie und führte die Gäste in den Garten zu dem Dornröschenschloss.

Das Häuschen hatte nur ein Fenster, und der Blumenkasten davor war mit Tannenzweigen und Christrosen geschmückt. Sie gingen hinein in das einzige aber eigentlich recht große Zimmer. Im Kamin brannte ein helles Feuer, und auf einem kleinen Tisch lag ein Adventskranz, auf dem vier große, rote Kerzen brannten. Die Mädchen bewunderten den weihnachtlich dekorierten Esstisch, der für sechs Personen gedeckt war. Vor jedem Teller stand eine kleine Kerze in einem goldenen Stern. Tannenzapfen, goldene Kügelchen und Tannengrün, zierten den Tisch. Irina war die Überraschung gelungen! Sie erntete viel Lob dafür, in einem Dornröschenschloss ihren Geburtstag zu feiern.

Lena hängte die Gitarre an die Wand und erklärte den Freundinnen, dass das Dornröschenschloss ein altes Waschhaus sei. „Mein Vater ist vor fünf Jahren in Rente gegangen und hat das Bauernhaus gekauft, in dem wir wohnen. In dem alten Waschhaus im Garten richtete er einen ganz besonderen Partyraum ein - mit Kamin, großem Esstisch, Sesselecke, Bar und allem, was dazu gehört!" „Buh", staunte Laura, „das ist ihm aber total gelungen!"

"Ich muss rüber ins Haus, die Mama hat das Mittagessen fertig! Irina, du kannst mir tragen helfen!" Die beiden gingen und kamen nach kurzer Zeit mit Tante Charlotte zurück. Eine riesige Platte mit Hähnchenschenkeln wurde auf den Tisch gestellt; dazu gab es Baguette und Bratäpfel. „Ist das schön, Tante Charlotte! Das ist alles so toll. Ich habe mir so sehr einen richtigen Weihnachtsgeburtstag gewünscht." Tante Charlotte kündigte an, nach dem Essen alkoholfreien Punsch zu servieren. „Ihr braucht ihn nur bei mir in der Küche abzuholen! Und jetzt, ihr Mädchen, lasst es euch richtig gut schmecken." Sie glaubten, noch nie im Leben solch wohlschmeckende Hähnchen gegessen zu haben. „Eifelhähnchen!", bemerkte Irina anerkennend.

Die Freundinnen hatten rund um den Kamin Platz genommen, und der Punsch schmeckte ihnen vorzüglich. Irina wurde gefragt, wie sie auf die Idee gekommen sei, in dem Dornröschenschloss Geburtstag zu feiern. „Meine Mama hatte keine Zeit, da wir natürlich wieder einen Tag vor Weihnachten unsere unvermeidliche Reise antreten! Ich habe es satt, immer woanders Weihnachten zu feiern. Da ich gegen diese ‚Unsitte' aber nicht ankomme, habe ich mir einen Weihnachtsgeburtstag gewünscht. Mama fragte, was ich mir darunter vorstelle. Ich habe ihr gesagt, dass ich meinen Geburtstag in dem alten Haus von Tante Charlotte feiern möchte, so als wäre es ein Weihnachtstag. So ist es gekommen, dass wir heute hier sind!" „Klasse! Weihnachten zu Hause zu sein, ist besser, als zu verreisen! Man kann doch auch viel schöner feiern."

Die Freundinnen erzählten von den schönsten Weihnachtsfesten, die sie erlebt hatten, und sangen sogar einige Weihnachtslieder. Lisa überraschte alle mit einem alten, deutschen Weihnachtsgedicht. Sie sagte es so schön auf, dass sie dafür Applaus bekam.

Tante Charlotte kam mit der Geburtstagstorte herein und leistete den jungen Mädchen beim Kaffeetrinken Gesellschaft. Sie wurde gebeten, aus ihrer Jugendzeit von Weihnachten zu erzählen. Sie überlegte eine Weile und erzählte dann von Weihnachten mit viel Schnee - so viel Schnee, wie man ihn heute nur noch auf Weihnachtskarten sieht. „Als ich noch ein kleines Mädchen war, ging mein Vater jedes Jahr am Vormittag des ersten Weihnachtsfeiertages zu Freunden, um sie zum Nachmittagskaffee einzuladen. Die Freunde wohnten außerhalb des Dorfes. Er nahm mich immer mit. Ich durfte auf dem Schlitten sitzen. Er zog den Schlitten, und ich bestimmte das Tempo; er war mein Pferdchen. Das war sicher kein großes Ereignis, aber es war so schön, dass ich es nicht vergessen habe. Auf dieser Schlittenfahrt hatte ich meinen Papa für mich ganz allein."

Die Mädchen hatten der Tante gern zugehört. Irina sagte: „Das muss sehr schön gewesen sein, Tante Charlotte. Das würde mein Papa nie tun! Wir haben ja hier auch nie viel Schnee, und wenn wir verreisen, da hat er schon gar keine Zeit für mich!"

Der Taxifahrer, der die Mädchen nach Hause fahren sollte, meldete sich. „Was, ist es schön so spät? Müssen wir schon nach Hause fahren?" Irina bedankte sich bei der Tante und der Cousine: „Das war mein schönster Geburtstag! Ein richtiger Weihnachtsgeburtstag, so wie ich es mir gewünscht habe!" Tante Charlotte schlug vor, den nächsten Geburtstag mit den Freundinnen wieder im „Dornröschenschloss" zu feiern.

Tante Charlotte und Lena winkten dem Taxi nach, bis es aus ihrer Sicht geschwunden war.

Weihnachten ohne Schnee?

Vor vielen, vielen Jahren, als ich elf Jahre alt war und mein Bruder 13, hatte es Anfang Dezember nur ein wenig geschneit. Der Rasen war kaum bedeckt, und nach zwei Tagen war von dem Schnee nichts mehr zu sehen. „Zu Nikolaus haben wir immer Schnee! Warum in diesem Jahr nicht?" fragten wir Kinder unsere Eltern. „Es wird schon noch genug schneien, es war ja immer so!", beruhigten sie uns. Doch es schneite nicht! Es war zwar sehr kalt, und auf dem Fluss trieben die Eisschollen, aber der Himmel war hell und klar. Keine noch so kleine Wolke war zu sehen. Mein Bruder ging zwar auf den Teich zum Schlittschuhlaufen, aber an Rodeln oder an eine Schneeballschlacht war nicht zu denken

Der 24. Dezember kam heran, aber es war noch immer kein Schnee gefallen. Mein Papa stellte den Weihnachtsbaum im Wohnzimmer an seinen Platz, und die Mama schmückte den Baum. Aber es fehlte etwas zur Weihnachtsstimmung. Nun sprachen auch die Eltern und die Nachbarn über das Wetter: „Es ist wohl zu kalt zum Schneien", und sie meinten, dass es gar nicht weihnachtlich sei.

Die Mama hatte für das Festmahl den Tisch am Fenster gedeckt. Es war uns aufgefallen, dass sie die Fensterläden nicht geschlossen hatte, wie sonst bei Kälte. Wir saßen beim Essen, und immer wieder schauten wir zum Fenster, als erwarteten wir ein Wunder. Plötzlich rief mein Bruder: „Es schneit!", und rannte aus dem Haus. Wir schauten aus dem Fenster, und der Papa sagte: „Es sind noch recht kleine Flocken, die vom Himmel fallen!" Mein Bruder kam ins Zimmer zurück, und aufgeregt rief er: „Da schaut doch mal! Die Flocken werden immer größer und immer dichter! Nun wird es doch noch richtig Weihnachten!"

Wir saßen nun wieder am Tisch und sahen voller Freude, dass der Schneefall immer dichter wurde; draußen war kaum noch etwas zu erkennen. In diesem Jahr war der Schnee ein richtiges Weihnachtsgeschenk! Mein Vater horchte auf: „Hört doch mal, was ist denn draußen los? Was ist das für ein Lärm?"

Schnell zogen wir unsere Mäntel an, ein Schal darüber, eine warme Mütze auf den Kopf, und wir eilten hinaus. Die Nachbarn standen auf der Straße. Aus allen Häusern waren sie gekommen, um den so langersehnten Schnee zu begrüßen.

Und trotzdem, schon bald wurde es zu kalt draußen. „Kommt doch mit zu uns", lud Herr Koch die Nachbarn ein, „da können wir das Weihnachtsfest gemeinsam feiern. Wir freuen uns doch alle über das weiße Geschenk, das nun doch noch vom Himmel gefallen ist". Wir nahmen die Einladung gerne an. Mama holte eine große Schüssel voller Pfefferkuchenherzen, der Papa brachte eine Flasche mit, und die Nachbarn aus dem anderen Haus brachten Äpfel und Nüsse mit. So gingen wir, beladen wie die Weihnachtsmänner, zu Kochs ins Wohnzimmer. Die Frauen deckten den Tisch und kochten Kaffee und Tee. Die Nachbarn aus drei Häusern saßen zusammen und waren vergnügt und lobten den lieben Gott, der doch noch ein Einsehen gehabt hatte und uns den Schnee bescherte. Wir Kinder saßen auf dem Teppich um Hannes Grammophon herum. Das war damals etwas ganz Besonderes! Es war auch noch kein elektrisches Grammophon, es musste aufgezogen werden. Hannes Mama gab der Tochter die Schallplatte, die sie heute geschenkt bekommen hatte. „Lege die Platte doch mal auf!" Wir drehten an der Kurbel und legten die Platte auf das

Grammophon. Als das erste Weihnachtslied erklang, gesellten sich die Erwachsenen zu uns, und wir sangen gemeinsam.

Herr Koch war begeistert: „Darauf wollen wir einen richtig guten Grog trinken! Es ist so schön, dass wir alle mal zusammen feiern. Und morgen gehen wir durch Schnee und Eis gemeinsam in die Kirche!"

Die Erwachsenen tranken ihren Grog, und Hanne legte eine andere Platte auf das Grammophon. Es erklang eine ganz andere Musik - Tanzmusik. Es dauerte nicht lange bis wir ausgelassen im Zimmer herumhüpften und tanzten. Hannes Opa schüttelte den Kopf: „Das geht doch nicht, dass ihr zu Weihnachten hier herumhopst als wäre Jahrmarkt!" Die Oma lachte: „Lass sie doch tanzen! Alle Engel tanzen wenn sie fröhlich sind!" „Nun", meinte der Opa, „dann lassen wir sie tanzen! Eigentlich haben wir ja auch einen guten Grund zur Freude!"

Wir dachten alle nicht daran, bald ins Bett zu gehen, obwohl es schon recht spät war. So lange durften wir bisher noch nie aufbleiben. Aber da sagte der Papa auch schon zu unserem Gastgeber: „Franz, leih mir doch mal deine Geige! Dann singen wir zum Abschluss dieses besonders schönen Weihnachtsabends noch ein Lied." Wir versammelten uns rund um den Papa, und mit freudigem Herzen sangen wir das schönste aller Weihnachtslieder: „Leise rieselt der Schnee".

Ein Weihnachtstraum

Über dem Bahnsteig schwebte dichter Nebel, so dass die Lichter rund umher wie verschleierte Sterne aussahen. Die großen Lampen des einfahrenden Zuges schienen den Nebel zu durchdringen. Das sah schön und geheimnisvoll aus. Der Zug polterte mit hoher Geschwindigkeit am Bahnsteig entlang, so dass man glauben konnte, er habe den Bahnhof nicht erkannt. Doch plötzlich begann ein Zischen und Poltern, und aus den Lautsprechern drangen Stimmen, die fast noch schlechter zu hören, als die Lichter zu sehen waren — und der Zug stand still. Türen wurden aufgerissen, einige Leute stiegen aus und andere drängten sich an den Türen, um in dieses herrliche, schnaufende Ungetüm zu steigen. Sie wollten in die nebelige Nacht hineinfahren und dann irgendwo bei hellem Sonnenschein aufwachen, geblendet von der silbernen Pracht des Schnees, auf dem die langen Schatten der Tannen lagen. Ganz langsam, so wie die Sonne es wollte, würden die Schatten über die glitzernde Pracht ziehen, um dann im Nichts zu verschwinden.

Annette stieg in den Zug, jemand reichte ihr den Koffer und die große Reisetasche hinein. Fast unmerklich setzte sich der Zug in Bewegung. Annette ging den spärlich beleuchteten Gang entlang, bis zu dem Abteil mit dem Platz, der auf der Platzkarte vermerkt war. Annette zog die Tür auf. Es war dunkel in dem Abteil. Sie konnte nur schwer ihre Platznummer erkennen. Auf dem Platz gegenüber schlief ein kleines Mädchen; die Mutter des Kindes saß daneben. Annette grüßte freundlich. Sie legte ihren Mantel ab und versuchte dann, ihren Koffer auf die Ablage zu heben. Die fremde

Frau war ihr sofort dabei behilflich. Sie lächelte freundlich auf Annettes Dank. Sie warf einen liebevollen Blick auf das schlafende Kind und ging dann hinaus auf den Gang, um eine Zigarette zu rauchen. Sie blieb lange draußen stehen. Annette konnte durch die Scheibe gut erkennen, dass die Frau das Rauchen sehr genoss.

Annette richtete sich behaglich auf ihrem Sitzplatz ein. Sie blickte hinüber zu dem Kind, vom den außer einer riesigen Schleife im blonden Haar nicht viel zu sehen war. Es lag eingehüllt in eine Decke und atmete ruhig.

Annette legte den Mantel um die Schultern und lockerte den Schal. Sie schaute auf die Uhr. „Noch nicht 17 Uhr und schon dunkel", dachte sie, „aber schließlich ist das Jahr bald herum! Und der Nebel lässt auch keinen Lichtschein durch sein dichtes Gespinst!"

Über den Lautsprecher wurde mitgeteilt, dass die Gäste bis einschließlich Wagennummer zwölf im Speisewagen zum Essen erwartet werden. Annette hatte die Nummer Sieben. Sie wollte gerne zum Essen gehen. Auf dem Gang sprach sie ihre Mitreisende an: „Möchten Sie jetzt auch in den Speisewagen gehen?" Die junge Frau sprach wieder kein Wort; sie schüttelte nur den Kopf. Vielleicht wollte sie das schlafende Kind nicht wecken. Vielleicht hatte sie auch deshalb das Licht nicht angeschaltet.

Im Speisewagen sah es genau so aus, wie Annette es sich in Kindheitstagen vorgestellt hatte. Die kleinen Lampen auf den Tischen waren angeschaltet. Der Speisewagen war festlich mit Lichterketten rund um die Türen und einem Weihnachtsstrauß mit goldenen Kugeln auf der Bar geschmückt.

Annette bekam ein Tischchen für sich ganz allein. Sie schaute aus dem Fenster. Der Zug flog durch die eisige Nacht. Der Nebel war verschwunden. Kalter, friedlicher Winter lag auf den Feldern. Die Bäume ragten hoch und majestätisch in den Himmel. Annette sah die klare Nacht da draußen über die Felder ziehen, über den Dörfern schweben und durch die Wälder huschen, die sie durchfuhren. „Ist das schön! Es ist so, wie ich es mir als Kind vorgestellt habe. So herrlich und so schön!"

Annette hörte die Stimmen vom Nachbartisch. Man schien froh und bester Laune zu sein, man unterhielt sich angeregt, und ab und zu war ein Lachen zu hören. Man trank sich zu und stieß mit den Gläsern an. Ein heller Ton war zu vernehmen. Die Freude auf das bevorstehende Fest war allen anzumerken.

Der Kellner brachte die Speisekarte. Annette bestellte das kleine Weihnachtsmenü, und zum Nachtisch ließ sie sich ein prickelndes Getränk servieren.

Die Gäste am Nachbartisch unterhielten sich inzwischen über Reisen, über ferne Länder, über Blütenpracht im Frühling und Schneeverwehungen im Winter. Der alte Herr berichtete von einer Studienreise, bei der er Gelegenheit hatte, Ausgrabungen antiker Stätten zu besichtigen. Die Dame zu seiner Linken interessierte sich dafür, ob auch ein antikes Theater dabei gewesen sei. Versonnen sagte sie: „Ich denke an Verona! Und wenn ich in die sternklare Nacht hinaussehe, denke ich an die Königin der Nacht!"

Annette verließ den weihnachtlichen Wagen und ging in ihr Abteil zurück. Leise zog sie die Tür hinter sich zu, denn nun schien auch die Mutter des Kindes zu schlafen. Auch Annette schloss die Augen, doch ab und zu blinzelte sie zu dem schlafenden Kind hinüber. Es bewegte sich kaum. Wieder war nicht viel mehr als die große Schleife im Haar zu sehen.

Dieses fremde Kind erinnerte sie sehr an die eigene Kindheit. Oft hatte sie mit der Mama am Bahnübergang gestanden und den polternden, vorbeifliegenden Zügen voller Bewunderung nachgeschaut, von dem Wunsch erfüllt, da drinnen in dem prächtigen Zug zu sitzen und die Lämpchen, die dem Zug etwas Wunderbares, Geheimnisvolles verliehen, aus der Nahe zu sehen. So wollte sie auch eines Tages reisen und wie all die Damen in feinen Kleidern im Speisewagen sitzen, von galanten Herren begleitet!

Der Zug fuhr durch die Nacht, immer weiter, immer schneller. Die Sterne am Himmel leuchteten so hell und klar, wie es schöner nicht sein konnte. Ganz leise war die Melodie von „Stille Nacht, heilige Nacht" zu hören.

Am Morgen erwachte Annette in ihrem Zugabteil. Sie war allein! Wo war die Mutter mit dem kleinen Mädchen? Hatte Annette so fest geschlafen, dass sie nicht bemerkt hatte, wie die beiden ausgestiegen waren? Auf dem Sitz gegenüber lag die schöne Schleife, als warte sie darauf, von jemandem mitgenommen zu werden. Annette öffnete ihre Tasche und legte die große, helle Schleife hinein.

Beschwingt ging sie auf den Gang hinaus. Ihr Jugendtraum von einer weihnachtlichen Reise war in Erfüllung gegangen. Nun freute sie sich darauf, am Abend in der Kirche das „Hosianna" zu singen.

Der Eisregen

Bewundernd stand Inge vor dem geschmückten Weihnachtsbaum. Ja, er sah wieder prachtvoll aus mit all den schönen Kugeln. Diesmal hatte sie den Baum etwas anders haben wollen, nicht nur in Silber oder nur in Gold. Sie hatte den Baum mit den silbernen und den goldenen Kugeln geschmückt und dazwischen auf den Zweigen elektrische Kerzen angebracht. Vorsichtig drehte sie an einer Kerze, und sofort strahlte der Baum in vollem Lichterglanz. Inge war sehr zufrieden: „Der ist wirklich besonders schön! Nun brauche ich nur noch für die kleinen Mädchen die Süßigkeiten anzuhängen!". Sie hängte die Schokoladensterne, die Weihnachtsmänner und die Tannenzapfen nicht zu weit oben an den Baum.

Inge freute sich auf die Enkelkinder und Elena, ihre Tochter und Johannes, den Schwiegersohn. Johannes hatte extra in der Klinik mit einem Kollegen den Dienst getauscht, damit sie zwei Tage hierbleiben konnten. Im vorigen Jahr hatte die Familie ihrer Tochter bei Johannes Eltern, die gleich bei ihnen nebenan wohnen, gefeiert, und in diesem Jahr wollten sie zu ihr kommen. Inge hoffte, dass man sich nun immer abwechselnd von Jahr zu Jahr bei Johannes Eltern und dann bei ihr treffen würde.

Jetzt war es Zeit, in die Küche zu gehen und sich um das Festessen zu kümmern. In der Küche war es recht unordentlich - die Gans lag auf dem Tisch zum Füllen, die Äpfel daneben, und ihr Frühstücksgeschirr war auch noch nicht weggeräumt. Und dabei war es schon Mittag! „Jetzt werden sich die Kinder auf den Weg machen. Sie wollen ja zu Mittag abfahren. Also sind sie um 16 Uhr hier, wenn sie nicht in einen Stau geraten!"

Das Telefon läutete. „Das wird Elena sein. Sie wird Bescheid sagen, dass sie jetzt abfahren." Es war Elena. Sie wollte nicht ihre Abfahrt melden. „Mama, wir können nicht kommen! Es ist hier inzwischen so glatt geworden, dass wir nicht hinausgehen können, geschweige denn Auto fahren. Du hast sicher den Eisregen bemerkt!" Nichts hatte Inge bemerkt! Keinen Eisregen! Überhaupt keinen Regen! Der Himmel war zwar grau und wolkenverhangen, aber kein Tropfen Regen fiel. „Elena, hier ist nichts davon zu merken. Es ist ganz trocken!" „Es hat hier im Norden angefangen, und es zieht weiter. Bald wird es auch bei dir regnen. Es tut mir so leid! Wir gehen zu den Schwiegereltern und kommen dann im nächsten Jahr zu dir. Glaub mir Mama, wir bedauern es sehr! Wir haben alles gepackt, und nun das! Kommt Tante Annegret zu dir oder bist du jetzt allein?"

Natürlich war sie allein! Annegret war schon gestern mit der Bahn zu ihrer Tochter nach Köln gefahren. Inge setzte sich in der Küche auf einen Stuhl. Sie war traurig. Das Gästezimmer war für den Besuch vorbereitet, der Baum schön geschmückt, und die Gans musste gebraten werden. „Was mache ich nun?", fragte sie sich, und schon hatte sie die Antwort bereit: „Ich werde die Gans braten und das Festessen zubereiten. Dann werde ich ganz allein zur Christmesse gehen! Was soll ich sonst machen? Es ist doch alles vorbereitet!"

Die Gans war wunderbar geraten! Inge bereitete alles für das Essen nach der Christmesse vor: Sie schälte die Kartoffeln, nur eine kleine Portion für sich allein. Sie gab den Rotkohl in einen Topf, und alles war fertig.

Sie ging ins Schlafzimmer und kleidete sich für die Christmesse um. Plötzlich hörte sie ein durchdringendes schleifendes, quietschendes Geräusch - dann war es still, ganz still.

Hastig schloss Inge den letzten Knopf ihres Kleides und lief in die Küche. Sie sah zum Fenster hinaussah und bemerkte, dass der Nieselregen nun auch hier eingesetzt hatte; das Fensterbrett war mit einer dünnen Eisschicht überzogen. „Mein Gott! Der Eisregen!" Auf dem Fußweg, schräg vor ihrem Gartentor, stand ein Auto. Niemand stieg aus. Geschwind lief Inge zur Haustür, um nachzusehen, was mit dem Auto passiert war, ob jemand verletzt war, ob sie Hilfe rufen musste! Aber auch die zwei Stufen vor der Haustür waren vereist, und sie konnte nicht hinuntergehen. Die Autotür wurde geöffnet. Ein junger Mann stieg aus. Er musste sich an der Autotür festhalten, um nicht auszurutschen. „Bleiben Sie stehen!", rief er, „Sie können nicht herunterkommen, es ist zu glatt! Uns ist nichts passiert! Wir sind von der Straße gerutscht und können nicht weiter!" „Versuchen Sie, hereinzukommen! Ich werfe Ihnen zwei Decken zu und lege eine Matte vor die Haustür. Kommen Sie herein! Alle die im Auto sind sollen hereinkommen!"

Der junge Mann balancierte auf dem Weg, und es gelang ihm, die Decken auszubreiten. Eine Frau und zwei Kinder stiegen aus dem Auto und bewegten sich langsam und sehr unsicher auf die Stufen zu. Schließlich gelangten doch sicher ins Haus.

„Ist das glatt! So etwas habe ich noch nicht erlebt", sagte der junge Mann und stellte sich vor: „Mein Name ist Heinz Stoltenberg, und das ist meine Frau Sonja und unsere Kinder Ilse und Christian!" „Ich bin Frau Scholz. Bitte kommen Sie herein. Sie müssen sich aufwärmen, Sie können nicht im Auto bleiben." Die unerwarteten, fremden Gäste legten ihre Mäntel ab, und der junge Mann erzählte, dass sie auf dem Weg in Richtung Norden seien, um dort seine Eltern zu besuchen. „Hier, kurz vor der Autobahnausfahrt, sind wir in den Eisregen gekommen. Ich habe schnell die Ausfahrt genommen, um nicht vielleicht die ganze Nacht hindurch auf der Straße im Stau zu stehen. Eigentlich könnte ich ja meiner Frau bei der Gelegenheit mein Geburtshaus hier im Ort zeigen, aber leider sind wir doch noch einige Kilometer davon entfernt."

Inge bat die Gäste ins Wohnzimmer, die sofort den Weihnachtsbaum bewunderten. „Ist der schön! So einen schönen Baum habe ich noch nie gesehen!", sagte die junge Frau. Inge freute sich über das Lob. Die Kinder fragten, ob auch der Weihnachtsmann kommen würde. „Durchaus möglich, dass der Weihnachtsmann heute Abend hier vorbeikommt", und zu den Eltern gewandt sagte Inge: „Nehmen Sie doch hier am Wohnzimmertisch Platz. Ich koche uns einen Kaffee, und dann sehen wir weiter, wie es um das Wetter steht!"

Sonja folgte Inge in die Küche. Sie wollte ihr behilflich sein und den Tee für die Kinder kochen. Später am Kaffeetisch begann eine rege Unterhaltung. Inge fragte den jungen Mann, ob er seine Eltern schon benachrichtigt habe, dass er im Augenblick nicht weiterfahren könne. „Ja, ich habe sie benachrichtigt. Die Wetterkarte lässt aber nichts Gutes ahnen. Der Regen hat zwar aufgehört, aber der Frost ist noch stärker geworden. Man kann nur hoffen, dass die Streuwagen bald fahren können; das kann aber noch einige Stunden dauern!" Inge überlegte nur kurz: „Da werden wir eben hier bei mir zusammen Weihnachten feiern! Die Gans ist gebraten, der Rotkohl ist fertig – wir müssen nur noch ein paar Kartoffeln schälen. Frau Stoltenberg, würden Sie mir in der Küche helfen?"

Später an der festlich gedeckten Tafel entspann sich in überraschend gelöster Atmosphäre ein heiteres Gespräch. „Ach, was haben wir doch für ein Glück, jetzt hier an Ihrem Tisch zu sitzen, anstatt in unserem Auto im Straßengraben!" Sonja prostete Inge zu: „Vielen Dank, liebe Frau Scholz!", und ihr Mann ergänzte: „Sie sind so nett zu uns, obwohl wir uns doch gar nicht kennen!" „Ich bin mir nicht so sicher, dass wir uns nicht kennen", entgegnete Inge. „Ich überlege dauernd, woher mir Ihr Name so bekannt vorkommt. Ihren Eltern bin ich gewiss noch nicht begegnet!" Heinz meinte: „Als ich 15 Jahre alt war, sind meine Eltern von hier weggezogen. Das war für mich nicht schön, denn ich bin gern hier zur Schule gegangen. Ihr Name, Scholz, ist kein seltener Name. Ich war mit einem ungefähr gleichaltrigen Mädchen im Flötenchor, Elena Scholz...." Weiter kam er mit seinen Ausführungen nicht. Inge fiel ihm ins Wort: „Elena ist meine Tochter! Nun weiß ich auch, woher ich Ihren Namen kenne! Jetzt erinnere ich mich, dass sie oft von einem Heinz Stoltenberg erzählt hat, mit dem sie im Flötenchor war!" „Manchmal geht das Leben seltsame Wege! Glatteis hat uns hierher geführt, und ich kenne Ihre Tochter aus der Schulzeit!" Sie lachten! Die Unterhaltung wurde immer fröhlicher. Spontan lud Inge die Familie zum Übernachten ein. „Elena wohnt im Norden und hat schon zu Mittag ihren Besuch des Eisregens wegen abgesagt. Sie können im Gästezimmer schlafen. Für die Kinder ist genügend Platz; Elena hat auch zwei Kinder, und das Zimmer ist für die ganze Familie gerichtet!" Inge hatte ihr Angebot mit so viel Herzlichkeit ausgesprochen, dass Heinz und Sonja vor Freude erst einmal nicht reagieren konnten. „Können wir das denn überhaupt annehmen?", fragte Sonja schließlich. „Ja, das können Sie! Das Zimmer ist doch für vier Personen gerichtet, und bei diesem Wetter können Sie nicht weiterfahren!". „Frau Scholz, ich weiß gar nicht, was ich dazu sagen soll. Sie sind so großzügig und lieb zu uns! Das möchten wir nicht überbeanspruchen. Ich gehe mal vor die Tür und sehe nach, ob inzwischen ein Streuwagen da gewesen ist."

Heinz kam bald zurück: „Draußen ist es so glatt wie bei unserer Ankunft." Inge lächelte: „Na, dann ist ja alles klar!" „Frau Scholz, das ist das schönste Weihnachtsgeschenk, was wir heute hätten bekommen können!" „Ja, und jetzt sollen die Kinder auch ein Weihnachtsgeschenk bekommen. Sie waren so lieb und haben die ganze Zeit miteinander gespielt", und an die Kinder gewandt sagte Inge: „Ich glaube, für euch beide hat der Weihnachtsmann etwas an den Baum gehängt. Schaut doch mal nach!" Die Kinder suchten emsig in den Zweigen und waren hocherfreut, als sie die Sterne, die Tannenzapfen und die Schokoladenweihnachtsmänner fanden. „Und morgen", sagte ihre Mutti „wenn wir bei der Oma sind, kommt der Weihnachtsmann noch einmal!"

Als die Kinder zu Bett gebracht waren, saßen Inge und die Gäste noch lange bei Wein und guter Laune beisammen. Am nächsten Morgen waren die Straßen wieder befahrbar. „Das war eines unserer schönsten Weihnachtsfeste! Wir kamen als Fremde zu Ihnen und gehen nun als Freunde auseinander. Danke, vielen Dank!"

Ein Brief für Frau Scholz

Liebe Frau Scholz,

ich möchte Sie gerne wissen lassen, dass wir am ersten Weihnachtsfeiertag pünktlich bei meinen Eltern angekommen sind. Die Straßen waren inzwischen wieder gut befahrbar, und nach drei Stunden waren wir am Ziel.

Meine Frau und ich denken immer wieder gern an den schönen Weihnachtsabend bei Ihnen. Wir haben den Eltern davon erzählt und viel von Ihnen und Ihrer Gastfreundschaft gesprochen. Wir waren uns einig darüber, dass dies ein Erlebnis wie in einem Weihnachtsmärchen war.

In Laufe unserer Gespräche wurden meine Eltern immer sicherer, dass sie Ihnen, liebe Frau Scholz, schon einmal begegnet sind. Auch ich habe damals natürlich viel zu Hause vom Flötenkreis erzählt. Mein Vater und meine Mutter erinnern sich genau an Elena und an ein Weihnachtskonzert, in dem sie Ihnen begegnet sind. Dieses Konzert wurde von unserem Flötenkreis veranstaltet und sollte zu Weihnachten in der Kirche aufgeführt werden. Wir waren schon bekannt im Umkreis und sehr beliebt. Immer wieder wurden wir zu Konzerten eingeladen. Wir waren damals zwischen 14 und 16 Jahre alt, nur einer von uns war erst 13 - er war unser Bester! Er erhielt Unterricht am Konservatorium. Wir hatten ihn alle gern; er spielte sich nie in den Vordergrund.

Es war am letzten Schultag vor den Weihnachtsferien. Wir hatten uns in der Aula zur Generalprobe für das Weihnachtskonzert am Heiligen Abend getroffen. Die Stimmung war so richtig weihnachtlich, denn es hatte zu schneien begonnen.

Wir spielten wunderbar! Wir waren in Hochform, die Lehrer und die Mitschüler waren begeistert. Unser Jüngster, der Wolfgang, bekam für sein Solo noch einen Extraapplaus.

Nach der Probe konnte uns nichts mehr im Schulgebäude halten; jeder wollte der Erste im Schnee sein. Ein robuster, großer Junge lief an Wolfgang vorbei und stieß ihn an. Der fiel hin und rutsche ein Stück über den Schnee. Der Übeltäter lief bereits zum Tor hinaus, Wolfgang lag noch immer auf der Erde. Schmerzvoll verzog er das Gesicht. Unser Chorleiter hatte das beobachtet. Er lief zu ihm hin, gefolgt von drei Schülern – ich war auch dabei. Wolfgang kam nicht allein wieder auf die Füße. Wir halfen ihm, aber er wimmerte fürchterlich. Der Chorleiter rief sofort den Notarztwagen. Wolfgang musste ins Krankenhaus, und der Lehrer begleitete ihn.

Wolfgang hatte sich das Bein gebrochen - Gott sei Dank nicht den Arm! Der Lehrer fragte Wolfgang, ob er das Konzert auch im Sitzen spielen würde.

Am 24. Dezember, pünktlich zur Christmesse, fuhr der Lehrer mit Wolfgang in seinem Auto an der Kirche vor. Wir halfen ihm, einen Rollstuhl aus dem Kofferraum zu heben, und Wolfgang, darin Platz zu nehmen. Wir standen um ihn herum, wir jubelten und freuten uns, dass unser Kleiner ohne Trara im Rollstuhl sitzend an dem Konzert teilnehmen würde.

In der Kirche standen wir zum Spielen bereit, Wolfgang im Rollstuhl in der ersten Reihe. Wir waren furchtbar aufgeregt. Der Pastor erwähnte, dass ein Flötist, der sich kurz vor diesem Tag ein Bein gebrochen hatte, im Rollstuhl sitzend in dem Konzert spielen würde.

Natürlich waren die Leute gerührt. Alle Eltern waren gekommen – auch meine Eltern und Sie, Frau Scholz. Meine Eltern erinnern sich daran, dass Elena neben Wolfgang stand. Es war unser schönstes Konzert. Wir waren glücklich und die Kirchgänger auch. Einige von ihnen kamen und bedankten sich bei Wolfgang, der an diesem Tag besonders gut gespielt hatte.

Was auch Elena interessieren könnte: Ich habe gestern in der Zeitung gelesen, dass Wolfgang als Solist mit einem Philharmonischen Orchester ein Flötenkonzert von Mozart spielt.

Meine Frau und ich hoffen, Sie bald einmal wiederzusehen, und wir bedanken uns noch einmal für Ihre Herzlichkeit und Gastfreundschaft.

Viele Grüße an Sie von meiner Familie und von meinen Eltern

Ihr
Heinz Stoltenberg

Teil 2: Weihnachten in schweren Zeiten …

Das kleine Feldpostpäckchen *oder* Das blaue Kleid

Annemarie schaute der Mutti zu. Die war damit beschäftigt, aus dem Pfefferkuchen auf dem Backblech ein Stück herauszuschneiden, das genau in das kleine, weiße Päckchen passen würde. „Wir wickeln das Kuchenstück in Cellophan, und nur der kleine Geschenkanhänger kommt dazu, damit es nicht zu schwer wird. In diesem Jahr dürfen die Feldpostpäckchen zu Weihnachten ja nur 200 Gramm wiegen. Es heißt, je kleiner und leichter sie sind, umso schneller können sie transportiert werden! Was wird unser Hans wohl sagen, wenn er das Stückchen Kuchen erhält?" Annemarie strich liebevoll mit der Hand über Muttis Arm: „Vielleicht ist der Krieg bald zu Ende, und der Hansel ist im nächsten Jahr zu Weihnachten wieder zu Hause." „Ach Annemarie, wir wollen hoffen, dass der Krieg bald zu Ende ist und die Soldaten wieder zu Hause sind. Aber was kann bis dahin noch alles passieren!"

Am Morgen des 24. Dezember 1943 schien es wie immer zu Weihnachten zu sein! Der Weihnachtsbaum stand im Wohnzimmer zum Schmücken bereit, und der Korb mit den Weihnachtskugeln stand auf dem Tisch. Ganz oben, unter die gläserne Spitze, wurden die kleinen Kugeln und ein paar Glöckchen gehängt; die großen Kugeln wurden an den unteren Zweigen angebracht. Sogar kleine weiße Weihnachtskerzen hatte die Mutti besorgt, die in silbernen Lichtertüllen auf die Astspitzen geknipst wurden. Der Baum sah aus wie immer, und es hatte geschneit, wie immer zu Weihnachten! Wie jedes Jahr hatte der Vati für die Meisen aus

Talg und Sonnenblumenkernen, Futterknödel an das Futterhäuschen gehängt.

Jeder wollte, dass es wie früher war - aber der Hansel war im Krieg!

Annemarie hatte lange überlegt, was sie den Eltern schenken könnte. Sie hatte mit ihren Freundinnen darüber gesprochen, aber die waren genau so ratlos wie sie selbst. Schließlich hatte sie sich entschlossen, einen Kissenbezug zu besticken, und zwar mit der Aufschrift „Angenehme Ruh". Etwas Besseres war ihr nicht eingefallen.

Die Mutti war in der Küche beschäftigt. Dort schien es an nichts zu mangeln. Die Frauen tauschten untereinander allerhand Dinge aus! Die Mutti hatte großes Geschick dafür entwickelt, und wusste die Gartenerzeugnisse gut einzusetzen. Besonders mit dem begehrten Mohn erzielte sie erstaunliche Tauscherfolge.

Annemarie beschloss, sich nun für den Abend umzuziehen. Das schöne blaue Samtkleid sollte es sein! Es war zwar schon im letzten Winter ein wenig eng und auch zu kurz gewesen, aber sie wollte trotzdem versuchen, dieses Kleid, ihr Lieblingskleid, anzuziehen.

Schon zum zweiten Mal hatte sie nun schon jeden Bügel aus dem Schrank genommen, aber nirgends war das Kleid zu finden. Sollte etwa die Mutti..........? Ach nein! Sie wird doch das wunderschöne, blaue Samtkleid nicht für ihre Tauschgeschäfte genommen haben?

Verzweifelt hockte Annemarie vor dem Schrank und weinte am Weihnachtstage! Die Mutti kam herein: „Warum weinst du denn?" „Mutti, mein Kleid ist weg! Mein schönes, blaues Samtkleid! Hast du es etwa weggegeben?" „Ach, zieh doch einfach ein anderes Kleid an! Sei nicht traurig! Wir wollen jetzt essen. Der Vati hat schon eine Flasche von seinem Johannisbeerwein aus dem Keller geholt. Komm, sei nicht traurig!"

Annemarie trocknete die Tränen und zog ihr zweitschönstes Kleid an. Beim Festessen mit den Eltern bekam sie auch ein Glas von Vatis Meisterstück, dem roten selbstgekelterten Wein. Da war die Welt, ihre kleine Weihnachtswelt, wieder in Ordnung, und es war fast wie früher.

Annemarie durfte nun ins Weihnachtszimmer. Das erste, was sie sah, war das blaue Kleid. Staunend stand sie davor! Das Kleid war mit blauem Taft mit zarten roten und gelben Streifen geändert worden. Die Schneiderin hatte ein wahres Kunstwerk gezaubert. Der Stoff, den es auf Kleiderkarte für „Ausbesserungszwecke" gab, hätte dafür niemals gereicht. „Mutti, wie hast du das wieder gemacht? Wo hast du den schönen Stoff her?" Schnell schlüpfte sie in das „neue Kleid" und betrachtete sich im Spiegel. Sie sah einfach toll aus, und die Eltern fanden das auch. Sie war sehr glücklich, jetzt war richtig Weihnachten! Die Eltern schauten sie so lieb an, dass sie sich der Tränen wegen, die sie vorhin vergossen hatte, ein wenig schämte.

Später spielte der Vati auf dem Klavier einige Weihnachtslieder, was sonst immer der Hans gemacht hatte. Annemarie sang mit der Mutti zweistimmig dazu. Alle dachten es, aber keiner sprach es aus: „Ob der Hans wohl das Päckchen erhalten hat? Wo mag er jetzt bloß sein?".

Der längste Weihnachtsbaum

Es war im Jahre 1947 in Berlin, in der viergeteilten Stadt. Hans und Helga hatten im Sommer geheiratet, und nun wollten sie das erste Weihnachtsfest in ihrer Ehe feiern. Es sah zu jener Zeit noch trist aus in Berlin - eigentlich überall in Deutschland, oder dem Land, was von Deutschland übrig geblieben war. Die Schaufenster waren, wenn nicht mit Brettern vernagelt, leer! Außer den Zuteilungen gab es nichts! In der Stadt war es noch schlimmer als auf dem Lande, wo man manchmal ein paar Eier oder Kartoffeln bekommen konnte.

Hans und Helga „planten" das Weihnachtsfest, aber eigentlich erzählten sie von den Festen in Kindheitstagen. „Ich habe der Mama beim Pfefferkuchenbacken helfen dürfen und habe Mandeln in einer kleinen Mühle gemahlen. Plätzchen habe ich auch ausgestochen. Im ganzen Haus hat es wunderbar nach Weihnachtsgebäck gerochen." Hans nickte: „Und ich habe als Kind in den Schaufenstern der großen Geschäfte die schönsten Dinge weihnachtlich dekoriert gesehen! Das war einfach herrlich; das kann man sich heute gar nicht mehr vorstellen." Und wieder sagte er: „Aber glaub mir, es wird nicht mehr lange dauern, da wird es wieder alles geben! Wir werden die zerstörten Fabriken, die zerbombten Häuser und die Bahnlinien aufbauen. Und Flugplätze werden wir auch bauen. Die Menschen werden Arbeit haben und im Urlaub in andere Länder fliegen und die ganze Welt kennenlernen!"

Helga hatte ihn nicht unterbrochen. Sie glaubte nicht an alles, was er sagte: „Ach weißt du, das sind alles Träume. Jetzt wollen wir erst mal Weihnachten feiern - vielleicht in einer kalten Stube!"

„Nein, sicher nicht in einer kalten Stube", widersprach er gut gelaunt. „Weißt du, was wir machen?" Sie schüttelte den Kopf. „Wir suchen uns auf dem Markt einen ganz großen Weihnachtsbaum aus, so groß, dass wir vom unteren Stück unsere kleine Wohnung heizen können!"

Am nächsten Tag auf dem Markt gab es aber nur kleine Fichten oder ein paar Tannenzweige zu kaufen. „Das ist nichts für uns", stellte Hans fest, und sie gingen weiter zum nächsten Weihnachtsbaummarkt.

Hans versenkte die Hände tief in den Manteltaschen. Handschuhe besaß er nicht mehr. Vor einigen Tagen hatte er sie in einer Telefonzelle liegen gelassen. Wenige Minuten später, als er das bemerkte, lief er eiligst zurück, doch die Handschuhe waren nicht mehr da! Helga meinte: „Weißt du, was ich machen werde, wenn es wieder alles geben wird? Ich schenke dir ein Paar Handschuhe zu Weihnachten!" Er nahm sie in die Arme: „Und ich schenke dir den schönsten Ring, den es gibt!"

Inzwischen waren sie beim nächsten Weihnachtsbaumstand angelangt Dort hatten sie Glück! Die kleinen Bäume waren ausverkauft, nur drei riesige Tannen lehnten an einer Wand. Schnell wies Hans auf die größte der Tannen: „Die nehmen wir!" Verblüfft schüttelte der Händler den Kopf. „Die woll'n Se haben? Det is eene für ne Kirche!" Freudig erklärte Hans, dass er gerade eine Tanne wie diese suche. Der Händler zuckte die Schultern: „Wenn Se mein'n! Aber ick trag se Ihnen nich nach Hause! Det Ding kriegen Se um keene Ecke rum!"

Helga fasste den Baum ein Stück unterhalb der Spitze, und Hans hielt ihn am unteren Ende. „Geh' du voraus bis zur nächsten Ecke. Wenn du dann um die Ecke herum gehst, gehe ich auf die Straße, bis wir wieder in einer Linie sind!" Gesagt, getan! Helga wollte Hans etwas fragen, bekam aber keine Antwort. Hans konnte sie nicht verstehen; die Entfernung zwischen ihnen war zu groß. So wurden die Ecken wirklich zum Problem. „Immer weiter so! Das schaffen wir schon! Autos kommen ja keine.", rief Hans.

Nach fast einer Stunde Fußmarsch mit Tanne kamen sie zu Hause an. Sie gingen durch die Einfahrt in den Hof, in dem sich einige Ställe befanden, die einst den Mietern zur Lagerung des winterlichen Kohlevorrats gedient hatten. Sie waren zwar recht beschädigt, aber was war schon zu jener Zeit noch ganz in Ordnung?

Hans und Helga legten den Baum in den Hof, weil er nicht in den Stall passte - noch nicht! Neugierig kamen einige Mieter dazu und taten mit bissigen aber auch scherzhaften Bemerkungen ihre Verwunderung über die „jroße Tanne" kund. Hans sagte, dass er ganz bewusst solch große Tanne gekauft habe, damit er und Helga am Heiligen Abend eine warme Stube hätten. Jetzt spotteten die Nachbarn nicht mehr, sondern meinten anerkennend, dass dies doch eigentlich eine gut überlegte Sache sei. Hilfsbereit kamen sie mit Säge und Beil und brachten den Weihnachtsbaum auf die gewünschte Länge. Gern nahmen sie für ihre Hilfe ein paar Zweige an.

Der Weihnachtsbaum wurde nach oben getragen. Hans rieb sich die Hände: „Jetzt bin ich aber froh, dass wir das geschafft haben, denn ohne Handschuhe war das Ganze recht unangenehm und hat manchmal sogar weh getan".

Der Baum wurde auf die Anrichte gestellt. Er duftete und war so herrlich grün — denn an Baumschmuck mangelte es! Hans überlegte und meinte, dass das Gehäuse einer alten Taschenlampe, zumal es silbern war, als Baumspitze dienen könnte. Eine silberne Kugel wurde auf das Gehäuse gesteckt. Leider war die Kugel nur ein Einzelstück, und so stand der Baum „schmucklos" auf der Anrichte. Drei Hindenburglichtchen wurden als Ersatz für die Lichtlein, die ja all überall auf den Tannenspitzen blitzen sollten, vor den Baum gestellt. „Was werden nur Mama und Papa zu dem schönen Baum sagen, wenn sie morgen kommen?" Helga war sicher, dass sie ihr Kunstwerk bewundern würden.

Mama und Papa kamen. Sie staunten nicht nur über den schönsten aller Weihnachtsbäume, sie staunten auch über die warme Stube. Mama öffnete ihre Handtasche und nahm mit einer großartigen Geste ein Kuvert heraus. In dem Kuvert war ein wahrer Schatz verborgen, einige leicht zerknitterte Lamettafäden! Die Freude war groß! Der Baum wurde damit geschmückt, und nun fehlte eigentlich nichts mehr, um das Fest zu feiern.

Mama und Helga bereiteten ihr bescheidenes Mahl vor. Es gab zwar keine Gans, aber ausreichend Kartoffeln, und einen Braten gab es auch. Später zündeten sie die Hindenburglichtchen an und tranken genussvoll ihren Tee. Mama hatte sogar ein paar Plätzchen mitgebracht. Sie waren in so festlicher Stimmung, dass sie dem innigen Wunsch nachgaben, ein Weihnachtslied anzustimmen. Sie glaubten, dass alles wieder wie früher werden würde, dass es alles wieder geben würde. Sie erzählten einander, wie es im nächsten Jahr sein würde und schwärmten von den Dingen, die sie gerne haben möchten.

„Ich koche uns ein Weihnachtsessen wie in alten Zeiten", versprach die Mama. Der Papa sagte, dass er den besten Wein dazu besorgen würde, und ein Grog und Pfefferkuchen müssten auch dabei sein.

Hans und Helga hatten einen großen Wunsch. Sie wollten eine richtige Wohnung mit verglasten Fenstern und einem Bad mit fließend Warmwasser! Sie überlegten, wie lange es noch dauern könnte, bis ihre Wünsche Wahrheit werden würden. Sie wussten, dass diese Wünsche keine Träume bleiben würden.

Sie schlossen einander in die Arme und waren glücklich, das Fest mit einander verbringen zu können.